KUWEI
酷威文化
图书 影视

没有明天的我们，在昨天相恋

死にたがりな少女の自殺を邪魔して、遊びにつれていく話

[日] 星火燎原 著
朝雨 译

北京日报出版社

目录
CONTENTS

第一章　失去希望的少女　001

第二章　宛如肥皂泡泡　043

第三章　无法兑现的诺言　117

第四章　愿你忘了我　179

第五章　决心告别的青年　229

尾　声　273

后　记　279

我在阻挠某个少女寻死。

这个少女一心想要寻死；

这个少女总是独来独往；

这个少女和我有些相似。

她肯定和我一样，仅仅是活着就痛苦不已。

或许不加插手才是为她好，

但我会一直阻挠下去，直到她放弃寻死。

阻挠她寻死并不算难。

只要先一步赶到寻死现场，等她来了之后带她去玩就好了。

第一章

失去希望的少女

1

那天天气晴好,广阔的蓝天万里无云,空荡得离谱。若是能决定自己的忌日,没准儿我也会选择这样的日子。

四月的某天,我从早上就埋伏在车站站台,坐在远离上行电车的长椅上打着哈欠玩手机。

这个车站位于新宿站的西边,距那里大约有一个小时的车程。说是市内,但也算得上偏乡僻壤。整个车站就这一个小岛状的站台夹在上下行线路中间,连检票口也只有一个。别说特急电车[①]不会在这一站停车,就连平时下车的时候也得按铃,不然连车门都不开。

不过到了上班上学的时间,还是会有大批的上班族和学生拥向这么一个小车站,等待前往市中心的电车。我的眼前就有一群叽叽喳喳的学生,吵得人心烦。旁边一队里,几个女生在聊天,震得我的耳朵嗡嗡响。我低下头不再看他们,轻轻叹了口气。

按照铺设好的人生轨道顺利前进的他们,实在是太耀眼了。不是说他们的年轻耀眼,准确来讲应该是我嫉妒他们嫉妒得看不下去了。

"学生时代的我"和"眼前的他们"有着天壤之别。

我的校园生活属实凄惨——没有十分要好的朋友,甚至连称得上朋友的人都没有。我并非喜欢一个人待着,只是再怎么努力都提

[①] 日本的一种列车,仅在少数主要车站停车,以此缩短出行时间。

不起兴致去和别人搞好关系。

　　如果我只是因为青春期的自卑才嫉妒这些学生，那或许还有救。然而看到上班族，我同样会叹气。

　　站在我身旁的上班族有一头清爽的短发，穿着合身且笔挺的藏青色西服套装，从他背后就能感受到那一身社会人士的气息。

　　反观我呢？乱蓬蓬的头发，皱巴巴的黑衬衫，膝盖处已经泛白的深蓝色牛仔裤，很久以前买的破破烂烂的黑色运动鞋。虽说毕业了，可既没继续读书也没找工作。

　　今年二十来岁的我，人生已经完全脱轨了。

　　——要怎么样才能拥有那种人生啊？

　　我从学生时代开始就无数次冥思苦想。然而就算思考了上百次，得到的还是同一个答案——

　　我拥有那种人生的可能性，从一开始就是零。

　　这一定不是因为我的选择出了错，而是从出生起，我的人生轨道就是坏的。做出正确的选择就能获得 Happy Ending（幸福的结局），这种情况只会在游戏里出现。有的人生不管选什么都只有 Bad Ending（糟糕的结局），或者有的人生压根儿就没有选项。

　　不巧，我就抽中了这样的人生。

　　无论怎么做，我都没法拥有像眼前的学生或上班族那样的人生。况且事到如今再为了这种事情烦恼也为时已晚。

　　所以，即便重复了再多次，我还是找不到阻止她的方法。

　　我看到那个少女朝着所有等车队列的外围走去，最终停在了站台的一端，那是上行电车驶来的方向。

第一章　失去希望的少女

要怎么样才能让她放弃寻死啊？

我一边用目光锁定那个独自走在站台上的少女，一边这样想着。

我知道她为什么要走到那种地方，那里堪称最适合撞车的地方。可话虽如此，估计没人会猜到她接下来要往电车上撞吧。

然而我再清楚不过。在我目光尽头的那个少女，是为了寻死才站在那里的。

她的名字叫一之濑月美，是一个一心寻死，却屡次被我阻止的少女。

她亮丽的黑发长及背部，身材比同龄女生都要高挑。但是身材纤细，皮肤白皙透明，让人唯恐一碰就碎。端正的面庞乍一看颇为成熟，但有些地方还残留着稚气。光从她的外表来说，她就像是那种从画里走出来的美少女，哪怕是成为班级里的大红人也不稀奇。

总结成一句话：她是一个看起来和寻死扯不上关系的女生。

这样一个看起来和寻死扯不上关系的少女，今天就要在这里结束生命。我从早上开始守在这里，就是为了阻挠她。

一之濑总是穿着便服。

白色的针织开衫和吊带内搭，淡粉色的长裙——她可能很喜欢这身穿搭，在寻死的时候经常穿着相似的衣服。也多亏如此，在车站找到她对我来说简直轻而易举。

我牢牢盯着一之濑，这时特急电车即将通过，通知广播响了起来。

七点十五分，就是这辆。她接下来就会撞向经过此处的电车。

电车即将通过，请注意安全。

当电子站牌上滚动出这行文字时，我便从长椅上站起来，打算从背后接近她，以免被她发现。她看着驶向车站的电车，似乎没有注意到我。

除了我和一之濑，车站里的众人毫无变化。其他人也许根本就没仔细听刚才响起的广播。

电车越来越近，声响也越来越大。一之濑开始往马路边走去，我就跟在她身后。

机会只有一次，不容失败。

我加快脚步拉近自己和她之间的距离。

电车即将驶入车站，这时一之濑越过了黄线。紧接着，一阵巨大的喇叭声响起，让我反射性地想捂住耳朵——

站台上的对话随之戛然而止，时间像是静止了一般，唯有电车还在行驶。

电车伴随着轰鸣声从眼前飞驰而过，带起的一阵风将一之濑的黑色长发吹散到了空中。

眨眼间电车开走了，轰鸣声也渐行渐远。

一之濑缓缓转过头，顺着拉她胳膊的手看向了我的脸。

在看到是我之后，她的表情看起来十分不忿。

随着电车的轰鸣声逐渐远去，时间仿佛又流动了起来，站台上重新响起了聊天声。那群学生咋呼着"吓死我了""你也太胆小了吧",几个女生则兴奋地叫嚷着"怎么了怎么了"。

我没有理会那些声音和视线,嗤笑道:"真是千钧一发啊。"说罢,被我拉住胳膊的一之濑别扭似的说道:"差一点我就能死了啊。"

她的确是在闹别扭,那双瞪得圆溜溜的大眼睛怒视别人时毫无气势可言,抬眼看人的目光更是会造成相反的效果。

"你差不多该放弃了吧?"

一之濑的表情告诉我她已经听腻了这句话。尽管长了一张成熟的脸蛋,可她却鼓着双颊,像小孩子一样闹起了脾气。就算不是我这种不善交流的人,面对她八成也难以招架吧。

这已经是她第十二次企图寻死了。

在这四个月里,她计划了十二次,每一次都被我出手阻挠。然而她仍旧没有放弃,这令我头疼万分。

"这么一来我就救了你十二次了,你应该明白不管重复多少次都是同样的结果吧?"

"这不是'救'了我的次数,而是'妨碍'我的次数。"一之濑别开脸,小声补充道,"明明都说了不用救我。"

每次都是这样。我特意一大早赶过来,而她却只觉得我是在妨碍她。不过我也自知是在碍她的事,也就习惯了每次阻挠她都会遭到她的嫌弃。

"你妨碍我再多次也没有意义。"一之濑语气强硬地甩开我的手,逃也似的抬腿就走。

"喂，你等等！"我追在她身后劝道，可她脚下不停。我也想过再次抓着她的胳膊把她拉住，但那纤细的胳膊仿佛一不小心就会被折断。

我缩回了伸出去的手，和以前一样继续着毫无意义的劝说："除非你放弃这个念头，否则我会一直阻挠你。"

"意思不就是说你会妨碍我到底吗？"

"没错，不管多少次我都会阻挠你，直到你放弃为止。"

我笑着回应她近乎叹息的话语，却没能缓和我们之间的气氛。

"你不可能永远妨碍下去的，今天来得就很迟。"

"我可不是在最后关头才赶上的，电车来之前我就一直盯着你呢。"

往常我都是在找到一之濑的当下就叫住她，但今天我拖到了最后一刻。我期待着看到经过眼前的电车后她能回心转意，然而结果也是有目共睹的。就算我能掌握她的行踪，可这种有损心脏的事情我是无论如何不想来第二次了。

"你看到我了就早点叫我啊。"

"难道说，你在等着我出现？"

我半开玩笑地说完，一之濑低下头错开了我的视线。这令我有些意外，我还以为她一定会说什么"怎么可能啊"之类的话来否定我。是觉得否定也会显得自己很蠢吗？

"你到底为什么会知道我的行踪？"

似是想转移话题，一之濑愤愤不平地问道。

迄今为止她已经问了我好几遍同样的问题。

她并非会选在固定的时间和相同的地点，今天她便是选择了和平时不同的时段想要了结自己的生命。但每次在她有这个打算的时候，偏偏会被我提前预料到，在她看来估计很不可思议吧。

"又是这个问题啊。也是……差不多该告诉你了。"

我摸着下巴一本正经地看向她，刚刚连跟我对视都不愿意的少女即刻停下脚步看着我。或许是因为平时我都会说"等你放弃了就告诉你"之类的话，我从没正经告诉过她答案，所以这次的回答看来出乎了她的预料。

我煞有介事地开口："这是因为……"一之濑如同上钩的鱼儿般紧盯着我，脸上的表情似是在催着我说下文。

平时她都不会为我的话语所动，这次会这么好奇倒是少见。那圆溜溜的双眸中写满了坚决，但我今天的回答仍是那句话：

"还是等你放弃的时候再告诉你吧。"

话音一落，一之濑眼中的坚决荡然无存。她冷着脸撂下一句"够了，再见"，便再次逃也似的抬腿走人。

你也稍微纠结一下吧……我叹了口气紧随其后。

"都说了你放弃的时候就告诉你啊。"

我不停地试图说服她，可她仅仅是闷头加快脚步，对我的话毫无回应。我一边追在她身后防止跟丢，一边从口袋里拿出一块银色的怀表确认时间。

"对了，你找到想去的地方了吗？"

我冲着她的背影问道，得到了"我怎么可能去找那种东西"的回应。

"你不是答应我下次见面前要考虑好想去的地方吗？"

"我没答应，而且将死之人也没有想去的地方。"

"唉……总会有个目标吧，比如临死前好歹要去一趟的地方。"

她这种满不在乎的态度令我十分无奈。这时一之濑反问道："假如我有想去的地方，你要怎么办？"

"我想接下来带你过去。"

带她去玩应该能散散心，所以早前我就提过这个建议，可她从未给过我答复。

结果，一之濑转向我说了这么一句话：

"那我想去黄泉，请你带我过去吧。"

一之濑狡黠的神情中带着笑容，看起来是如此天真无邪。

然而见我被这句意料之外的回答弄得哑口无言，她又不满道："我已经说了想去的地方，你倒是回句话啊。"她的脸上也变回了平时不高兴的表情。

她偶尔会露出那种表情，真是太卑鄙了。别人一次次尝试着阻挠她寻死，她本人却完全不放在眼里，坚持不会放弃。每当这时我都会想，自己做的事情是不是根本没有意义。然而既然她还能露出那样天真无邪的表情，又令我忍不住对她某天会放弃寻死抱有一丝希望。

"你是想让我当杀人犯吗？"

"去不了黄泉的话，那我回去了。"

她态度冷淡，故意使起了小性子。果然跟个小孩子一样。

但我决不能就这么放任她独自待着。有件事我一直瞒着她——

倘若她之后立刻行动,我将束手无策。

因此,在拦下她之后,我必须跟在她身边。

"你得再陪我两个小时,不然我就难办了。"

"那个……我听不懂你说的话。"

我能理解她为什么疑惑,但向她坦白估计也只会徒增迷惘。我全当没听到她的问题,继续说道:

"你不是也不想回家?"

一之濑低下头陷入了沉默。看来是被我说中了。

她不想回家一事,从她迄今为止的行为便能推测出来。

在我刚遇到一之濑的时候,她十分警惕,根本不听我说话。那时我一味地追在她身后,见她时而坐在公园的秋千上,时而望着河流,总是百无聊赖地消磨时间,直到傍晚也全无回家的意思。她身上似乎也没带什么钱,我看到过好几次她在自动贩卖机前数手里零钱的样子。有次我看见她直接对着公园里的水龙头喝水,实在看不下去,我请她喝了一罐果汁。以此为契机,我终于和她说上了话,后来我还会带她到家庭餐厅吃饭。我总算在拦下她之后能带她到别的地方去了。

但是在被我阻挠了之后,她的心情总是不好,所以每次都得劝着她。

"今天想去哪儿?"

"……都说了我没有想去的地方。"

这话听上去像是在赌气,不过这样的回答已经算是不错了。真正不想去的话,她要么强烈拒绝,要么直接无视。以往的种种对话已经让我摸透了她这一点。

尽管她从没有直接乖乖跟我走过,但和我出去就能免去因为饮食而产生的忧愁,这样的好处至少让她不是发自内心地讨厌我。

"你吃早饭了吗?"

"没有……"

"那我们去吃点东西吧。"

光是嘴上邀请,她可能不会跟上来,于是我用不会弄伤她的力度温柔地握住她的手。低着头的一之濑吓得略一瑟缩,她犹豫着是否应该甩开我的手,但总归没有露出厌恶的神情。这只手比我的要小也更软,非常温暖。假如我没有拦她,那么如今这只手又会变成何种模样呢……

"来,走吧。"

说着,我拉起了她的手。只见她轻轻点点头,跟在了我身后。

我就像这样,一直在阻挠她。但不管我怎么插手,一之濑都没有放弃。

几周后,快的话几天后,她就会再次尝试。

虽然我打算无论多少次都会阻挠下去,直到她放弃这个念头为止,然而有一个问题——我的生命已经所剩无几。

我并不是得了什么不治之症,而是作为获得某块表的代价,我舍弃了自己的寿命。

这话听起来似乎难以置信,但这是事实。

我用自己的寿命进行了交换——得到了一块能倒转时间的表。

2

"相叶纯先生,可以把你的寿命让给我吗?"

前年的十二月二十五日,一个陌生的女人对我说,想让我把寿命让给她。

那天天寒地冻,尽管如此,我还是来到了当地的某座桥上眺望风景。这座大桥横跨河川,连接两个城镇,然而人烟稀少,也基本没有车辆通行。得益于此,我能清晰地听到潺潺的流水声,也不会错过鱼儿跃出水面的声音和鸟鸣声。

我喜欢独自一人的时光。话虽如此,我并非渴望孤独,而是因为无法喜欢上周遭的人类,才落了个孤独的下场。

在我看来,同学也好,街上的一个个行人也罢,大家都幸福得离谱。我认为的幸福,对于他们来说似乎都是理所当然的事情,而在我眼中那些鸡毛蒜皮的小事,对于他们来说又会变成莫大的烦恼。

价值观有别罢了。

这些差别滋生出的摩擦,令我无法忍受。孤独虽然寂寞,但待在人群里只会让我更加难受。所以我与他们拉开了距离,选择一个人待着。不知不觉间,独自一人待着便成了我生活的重心所在。

对于这样的我来说,这座桥就是少数能让我放松的地方,所以我经常过来。

别人可能会觉得，圣诞节还一个人待在桥上也太寂寞了。然而别人会这么想也没办法，因为我的确就是个寂寞的人。我既不想在圣诞节跑到人山人海的大街上，也不想在家里度过。正是在这样的日子里，我才更想待在这座桥上。

这一天我依旧是过了中午便来到了桥上，一直待到傍晚，其间只有寥寥几辆车开过，完全不见其他人影。天色就这样逐渐暗淡，气温也越来越低。

桥上的一排路灯亮起了橘色的光，从栏杆往下看，入眼是漆黑一片，根本看不到地面。如果不是还能听到水声，甚至连下面有没有河流都不得而知。这样的黑暗，好似掉下去就没有尽头。

我来回看了看桥上，空无一人，只有一盏盏路灯隔着一定的距离散发出模糊的灯光。除了我，世界上的其他人仿佛都消失了。我很喜欢这样的空间，这让我非常舒服。

然而，远处行驶的车灯进入我的视野，很快将我拉回了现实。我抬头仰望夜空，虽是冬夜却看不到一颗星星，一声深深的叹息化作白烟。

就在这时，一个陌生的女人朝我开了口："相叶纯先生，可以把你的寿命让给我吗？"

说出这句话的女人穿着一身黑色的衣服，阴气森森。她长得很高，却瘦得惊人。长长的银发美得不似人间之物，可脸上那瘆人的笑容却能让这样的感慨消失得无影无踪。

被这样一个仿佛把圣诞节和万圣节搞混了的人搭话，我记得自己当时极度不安。

"这个女人要么是在耍我,要么是单纯脑子有问题,总之肯定不是什么正经人。"我在脑中梳理着思绪,想让自己冷静下来。

然而我突然意识到她刚才叫了我的名字,堪堪平复的不安又死灰复燃。

我将以前遇到过的人在脑海里过了一遍,没有人对得上。这么一来只能怀疑是某人想要整我。可我没有朋友,没有相识之人,连一个能怀疑的对象也想不出来,感觉压根儿就不会有人多事到想来吓唬我。

"你再想下去也只是浪费时间,因为我和你是第一次见面。"

女人像是看透了我的内心般从鼻腔里哼笑一声。

这种嘲讽的态度让我不悦,但我还是想问她为什么知道我的名字。准确地说,我是想问:"是谁告诉你我的名字的?"

然而,她的回答出乎我的意料。

"不只是名字,我知道你的全部。"说完她又窃笑着补充,"简单点解释,就是我能读人心。"

听到这句话,我下意识地"啊"了一声,心想这个女人在说什么。

"啊哈哈,别露出那种表情嘛。"

"一般都会是这种反应吧!"

"好吧,你不相信也是自然……对吧?"

我持续瞪着那个夸张地勾起嘴角微笑的女人。对方毫无惧意,接下了我的回应,说道:"那下面这个故事,你觉得如何呢?"

女人开始慢悠悠地讲述某个男生的生平。

那是一个爱做梦的孩童,后来逐渐认清了现实,对周围人的嫉妒使他变得孑然一身……

女人的话让我握紧了颤抖的手，我立刻明白了这是谁的生平——毫无疑问，就是我。

女人说的从头到尾都与我的人生相吻合，甚至连别人不可能知道的事情都说中了。从别人口中听到这些，让我重新认识到自己的人生是多么浑浑噩噩，我恨不得堵住耳朵，但这会显得我愈加凄惨。时间自顾自地流逝，其间我就像是身上刚结好的痂被人粗鲁地触碰般痛苦万分。

"我看你脸色煞白啊，你没事吧？"

当我回过神来时，眼前便是女人那张阴森的脸。她正探头观察我的表情，我不由得后退几步。

"你究竟是什么人？"我无措地问道。

女人想了几秒后如实回答："我想想啊……你就叫我，死神吧。"

死神……听起来像是在骗小孩，可她的外表确实如同死神一般。

"是不是完全相符？"死神笑了起来，仿佛在强调自己正在偷听我的内心。她能说中我那么多事情，让我根本无法出言否定。

死神看着我毫无压迫感的眼神，露出了更为阴森的笑容："相叶先生，我是想助你一臂之力，才来跟你搭话的。"

"助我一臂之力？那还说想让我把寿命让给你？"

"别那么戒备嘛，我是你这一边的。这个世界上可没有人会为过着滑稽人生的你担忧，能理解你的，只有我。"

死神笑得嘴要裂开了一样，伸出苍白的手抚摸我的脸颊。我起了一身鸡皮疙瘩，反射性地挥开她的手。

"再说了，这其实也是你期望的吧？"

"你什么意思？"我反问道。

死神面带微笑地说："你一直想死吧？"

死神的笑容中充斥着不输给那份阴森感的自信，令我后背发凉，紧张到宛如被攥住了心脏。那种毫不担心会被否定的表情像是要把我吞没。这是自然，因为死神说对了。

——我真想赶快了结这段没意义的人生。

哪怕追溯到儿时，我人生中开心的回忆也是用单手就数得过来，更多的反倒是不愿再回想的记忆。即便如此，我还是觉得总有一天会有所回报，于是我一天天地忍耐，然而情况却不断恶化。

那个夏天发生的一件事，成为我萌生结束生命的念头的契机。

每当来到桥上向下望时，我都会无数次对自己说"跳下去吧"，但我始终没能踏出最后一步。就这样又过了两年，我迎来了学生生涯的尾声。我既不想继续读书，也不想上班。显然，到了来年春天，我会过得更惨。所以我想在新年到来前跳下去，寻求解脱。

不过，要是我迈出了那一步，现在就轮不到这个自称死神的女人上来搭话了啊。

"你一直很痛苦吧？"

面庞消瘦的死神微微一笑，脸上不见丝毫同情。

"请务必让我帮你解脱。"

"帮我解脱？"

"没错，只是希望你能把寿命让给我。"她补充道，"当然不会让你白给。"她从袖子里掏出一块怀表，"这块表叫作衔尾蛇银表。"

那是一块带着表链的银色怀表，外观与普通的带盖怀表无异。非要说特征的话，就是这块表的表盖上刻着像龙一样的生物。

"这块衔尾蛇银表可不是普通的表，这块表……"死神继续道，"可以倒转时间。"

"可以倒转时间？"我以为听错了，便反问了一遍。

死神："没错，就是字面的意思。"

接着，死神将银表递到我面前，开始向我说明。

将那些说明整理出来便是如下内容：

· 只有付出了寿命的持有者方可使用衔尾蛇银表；
· 使用时只需拿着衔尾蛇银表，用力回想希望回到的时间；
· 最多可回到二十四小时之前；
· 倒转一次时间后，要等到三十六小时后方可再次使用；
· 只有持有者能保留倒转前的记忆；
· 例外情况：倒转时间时碰到持有者皮肤的人也能保留记忆。

简言之，倒转时间并非随心所欲，而是存在一些细节规则。

"要不要用你三年后的寿命，交换这块衔尾蛇银表？"死神刚问完，又像突然想起什么似的补充，"准确来说是从明天开始计算的三年后的寿命，所以倒转时间的功能也是明天起才会生效。"

用三年后的寿命换一块能倒转时间的银表。

这听起来令人难以置信，可她连我的生平都说对了，所以这很有可能是真的。虽说能倒转时间，但用过一次就要等三十六小时才能再次使用。换言之，就算回到了二十四小时前，现实时间至少也会再前进十二小时，因此持有者不可能通过不断回溯时间来延长寿命。

当时的我理解了这一点，却依旧答应交换。

迄今为止都没能寻死的我会干脆利落地答应下来，并没有什么特别的理由。或许是因为我觉得这会比从桥上跳下去死得更加轻松；或许是因为那天我沉浸在伤感之中，一心想要毁灭；又或许是因为我想试试死神说的是否属实。不论因为什么，堆积起来的种种因素都如同摞在一起的书一样，稍有倾斜便瞬间失去平衡，轰然倒塌。

"非常感谢，那么事不宜迟，赶紧开始吧。"

死神将瘦骨嶙峋的手放在了我的胸口。我的身体本就因气温低而瑟缩，可她的手更是冰冷得隔着衣服都能清晰地感受到。

"那么，你的寿命我就收下了。"

那一瞬间，一股恶寒窜过我的全身。那是我迄今为止从没感受过的不舒服的寒意，仿佛身体里有什么东西被吸走了。我的思维逐渐模糊，几近昏迷。也许只是过了几秒，但我光是保持住意识不跪坐在地就拼尽了全力。

"结束了，这样便能如你所愿。"

死神的声音一下子拉回了我的意识。我双脚虚浮，差点仰倒在地，回过神时，身体里的恶寒尽散，但心上像是被开了一个大洞，宛如失去了什么重要的东西……这种模糊的感觉无法用言语形容，但确实有什么改变了。

"从今天开始，这块表就是你的了。"

那只瘦到令人毛骨悚然的手递上了衔尾蛇银表，那块银表表身冰冷，比看上去更沉，秒针的转动声大到即便盖着表盖也能听得一清二楚。

"你将在三年后的十二月二十六日午夜零点断气。"

死神略一低头微笑道："请好好享受余下的三年时光吧。"

听了这话，我突然觉得三年好长。反正都要死，干脆再早点吧。我的想法如此，也就没有将死神临别时的忠告特别放在心上。

"请千万不要对舍弃寿命一事感到后悔。"

临别时，死神对我说了这样的忠告。

3

第二天，我试了试衔尾蛇银表，结论是真的能倒转时间。

也就眨眼间的事情，我拿着银表想着要返回的时间，随即便失去了意识。等回过神时，我便已经回到了过去，这和电视换台没什么区别。

起先我都准备好会出现魔法阵，或者飞向摆满无数钟表的世界这种类似漫画的情景，所以这样无趣的过程令我大失所望。

回溯一次时间后，要等到三十六小时后才能再次使用。

不仅仅是无法回溯时间，银表上的秒针也像没电了一样停止转动，甚至失去了普通钟表的功能。等过了三十六小时后，秒针才会重新转动，自动校准时间。换言之，只有在秒针转动的时候我才能倒转时间。

其实直到倒转时间前，我都没有完全相信死神的话。我还想着如果没有回到过去，死神拿着写有"惊不惊喜"的牌子冒出来，我就把银表扔到她脸上。

而且让我半信半疑的不只是银表，还有寿命问题。真正让我感受到自己会在三年后死去这件事的真实性，也是在回溯了时间之后。

"请千万不要对舍弃寿命一事感到后悔……吗？"

想起死神最后的忠告，我暗暗发笑。

我完全没觉得后悔，甚至感觉身心舒畅。

"再过三年就要死了。"

光是将这句话说出口，我的心情便豁然开朗。自从只剩下三年寿命，我便开始思考每天要如何度过，比以前只想着死去的日子要积极向上多了。

当时我惊讶于自己的心态变化，不过如今想来也没什么好奇怪的。

刚开始的时候，我查过"安乐死"的相关内容。

虽然有几个国家承认"安乐死"合法，可基本上只有癌症晚期、救治无望的病人才会被允许采取这种方式。不同国家还有不同的规定，例如在病人出现难以忍受且无法消除的痛楚后才会允许之类。不过几乎所有国家都将"安乐死"当成救人于痛苦之中的最终手段。

曾经我还读过一篇报道，上面写着："多亏了'安乐死'，有的癌症晚期患者直到临终都保有生存意志。"

那是一篇介绍"安乐死"制度优势的报道，其中描写道："与其在无法消弭的痛苦中迎来生命的最后一刻，有的病人更希望在'还没有经受折磨的时候死去'。对于抱有这种想法的病人来说，能以自己的意志为生命画上句号的'安乐死'就是他们的心灵寄托。"

尽管写得让人深深觉得是在美化"安乐死"，不过报道的内容我倒是颇为赞同。

明知未来会痛苦万分，自己却要眼睁睁等着那一天的到来，多么可怕。假如眼前已经隐约可见象征着尽头的悬崖，没有人会选择继续前行。

我也是如此。无法对他人抱有好感的我，继续活下去就如同不断在针尖上行走。等待我的万万不会是光明的结局，我也没有自信能走到终点。所以，为了不再忍受痛苦，为了保护自己，我想到了死。

得知自己的寿命只剩三年，像是给我喂了一颗定心丸。想死的时候也能安慰自己"反正三年后就死了"，比起没有梦想和目标，浑浑噩噩地活着要轻松得多。

当然，这也归功于衔尾蛇银表。"难得获得了这块异常神奇的银表，我一定要用个痛快"，带着这样的心情，我倒转时间干了各种各样的事情。

最初我想到的是任何人都会考虑到的用法——肆意花钱，等到钱包空空如也便回溯时间。

不管是在游戏厅玩上数个小时，还是在电影院里从早看到晚，抑或是不停地吃自己喜欢的食物，只要倒转了时间，钱就不会减少。

游戏厅和电影院原本是能让人转换心情的宝藏场所，但凭借自己现有的财力不可能每天都去。能不管钱包里的余额，随心所欲地花钱转换心情，说实话感觉不赖。

然而，最终都得回到花钱之前的时间。心情是有变好，却算不上消磨了时间。吃了一堆喜欢的食物也要回归空腹状态，买的东西无法留在手边，一直玩同一个游戏、看同一部电影也总会腻。就算我想花更多的钱找刺激，但我手头那点钱，一次能花的额度也有限。

于是，我决定赚钱。

能回到二十四小时前，意味着只有我一个人知道一天后的未来。

既然如此，我想到了赌博，那不是想赚多少就有多少？

我先背下了彩票的中奖号码然后回溯时间，试试彩票的中奖号码是否相同。我满心期待着这能成为最快的赚钱方法，结果中奖号码和先前我看到的并不一样。后来我又尝试了赌马，但也和回溯时间前我看到的赛马排名不同，很难通过连胜来赚钱。

由此我明白了，倒转了时间并不意味着会迎来相同的未来。

简言之，只是重新来过罢了。

这和掷骰子是一样的，重新掷一次未必会出现相同的点数。彩票会重新抽号，赛马会重新比赛，仅此而已，并非会和回溯时间前的结果完全一致。

唯一不容易出现变化的是股票。

虽然股票的结果也不是一成不变的，但和纯粹随机的彩票不同，它会受到人的思维干预，那么比起其他方式，其结果就更不容易生变。尽管我还是个新手，但在模拟了几次之后发现能接连押对，我开始买股票。

我踏踏实实买入看涨的股票，赚得越来越多，每周都有仅凭工作根本难以想象的巨款汇入我的户头。待存够了未来三年花不完的钱之后，我停止了赚钱，开始计划这些钱该怎么花。

我拿着赚到的钱，先租了一套公寓。

那是一栋八层楼的出租公寓，我挑了顶层碰巧空出来的一套房子，带阳台的三室两厅一厨，虽然这套房子对于独居者来说太大了，但顶层不容易听到行人和车辆的声音，这点很吸引我。尽管远不如那种超高层的高级公寓，但我一刻都不想在关系恶劣的父母身边多待，所以对于这个房子，我还是十分满意的。

顺便一提，我和父母并不是简单的"关系恶劣"，而是因为他们是我的养父母。从被领养的那天起，我就无法融入这个家庭，一直和他们保持距离，最终的结果便是两相生厌。这次能三言两语说服他们当我的担保人，没准儿只是因为他们想早点把我赶出家门。我的回忆里从没有家的感觉，我一直都把他们当作外人看待，说实在的，和讨厌的人住在一个屋檐下真的一点都不舒坦。于我而言，能实现独自生活，是一个莫大的改变。

三月，毕业后的我名正言顺地成为自由身。我本想着反正三年后就会死,也没必要非要完成学业。然而作为允许我从家里搬出来的条件,他们要求我必须完成学业,不能动不动翘课。为了不多生是非,我还是忍到了毕业。

终于如愿地独居,堪称理想生活。

不上班也买得起喜欢的东西,吃得起喜欢的食物,还有能独自待着的房子,不必寻找地方打发时间,不用和任何人接触也能生活下去。

这段时光快活得甚至让我担心自己会不会转变心意——后悔舍弃寿命,想活得更久一点。

然而,快活的仅仅是最初几个月而已。

再理想的生活,每天都重复同样的日子,早晚也会变得千篇一律。游戏没一会儿便不想玩了,每天点的比萨、寿司也渐渐吃腻。想去外面散散心,可我的"厌人症"又治不好,很快就折回了家。后来我又想发掘一些新的爱好,但对什么都提不起兴趣。

不到半年,理想生活就沦为了无聊生活。

我设想了一下如果我没有舍弃寿命,还是过着普通的人生,又会变成什么样子。

八成再奋斗几十年也远远过不上现在的生活吧。不仅如此,说不定我早就死了,即便奇迹般地过上现在的生活,最终也不过是这副德行。

——如今的状态无疑就是最棒的人生。

这不是后不后悔舍弃生命的问题,而是这种生活,我要怎么后悔?我倒想让别人给我说说如何能感到后悔。

——舍弃寿命真是一个明智的决定。

我一直这样坚信着。

话虽如此,但我每天依旧很无聊,成日里只能干等着时间流逝,这让我颇为郁闷。

然而从与死神交易之日起恰好一年后的圣诞节,一件改变我枯燥日常的事情发生了——

这一年,我同样是一个人过圣诞。和之前不同的是,这次不是在桥上,而是在自己家里。就在日历即将翻到第二天的时候,我突然好奇从傍晚下起的雪会持续到什么时候,于是打开了电视准备看天气预报。在天气预报开始前先播了夜间新闻,在我这个转天就只剩两年寿命的人看来,新闻里播放的都是些无所谓的信息。

但是有一则报道引起了我的注意——少女被发现死于桥下。

遗体是当天傍晚被发现的,警方正在调查是刑事案件还是自杀,不过报道的内容却不禁让人觉得"绝对是跳桥自杀"。

尽管我命不久矣,对世事关心甚少,可听到"自杀"一词还是会被勾起注意。

但我在意的并非这点,而是少女坠落的那座桥——就是我和死神交易的那座桥。

我曾经走过的那座桥出现在了电视上,还有其他人计划在同一座桥上自杀,并且践行了。我从新闻里解读出了这样的信息,那一刻,我的心里涌现出了不合时宜的近乎欣喜的情绪。我自己也觉得为他人的死亡而开心并不正常,即便如此,在得知还有同类存在后,

第一章　失去希望的少女

我就抑制不住地激动起来。

新闻里的少女是什么人？是带着什么样的心情跳下去的呢？我连天气预报也忘了看，整晚都在思考这件事。甚至于第二天这件事仍然萦绕在我的脑海里，于是我决定去桥上转转，就当是散心了。

昨天的雪一直下到了半夜，路上的积雪未清，我走到桥上花了不少时间。

我已经好几个月没有到桥上来了，本来我就是在想独处的时候才会过来，所以自从开始独居便没有来的必要。

许久没来过的这座桥，看起来比我记忆里的还要萧索。少女似乎是从桥中央附近跳下去的，正下方的河道沙洲处还拉着警戒线。

我从桥上望向被警戒线圈起来的坠落地点。

下方是一大片数不清数量的坚硬的石子，晚上看起来如同一个黑黢黢的无底洞，可实际上这段高度比较微妙，除非头部直直落下，不然貌似很难当场死亡。如果少女在跳下后的短时间内还残留着意识……我不禁不寒而栗。

一个比我年纪还小的女孩从这里跳了下去。

就从这座我没敢跳下的桥上。

我向下望了一会儿，突然有四个女生从另一侧朝这边走了过来。起初我以为她们是自杀少女的同学，来给她摆些祭品悼念。没承想，四人嬉笑着拿起手机，对着自杀现场就拍了起来。我偷听到她们说"她终于消失了""再也不用看到她的脸了"云云，明白了她们是在为少女的消失而欢喜不已。

我听着她们的对话，握着栏杆的手越来越用力。

我隐约能猜到少女跳桥的原因，但没想到加害者竟然还会特意跑到现场来。我在一旁听着四人的对话，心中渐渐升起一股阴暗之情。然而我也曾欣喜地把自杀的少女当成同类，就算在心里谴责她们，留给我的也只有罪恶感。

四人在现场说笑了片刻，带着仿佛从游乐园回家的满足表情离开了。

桥上又只剩下我一个人，周围和往常一样寂静。

耳中唯有潺潺流水声和猎猎风声。我再次看向桥下，警戒线被风吹得唰唰作响。

这里和我以前来的时候没什么两样，仍是那个仿佛除了我，其他人都消失了的世界。

一想到那个少女，我就感觉世界上似乎真的只剩下了自己一人。

这种感觉类似于失落感。尽管我鲜少与人扯上关系，但过去也曾数次被失落感折磨。如今就很像那种心情。

对于我这个没有家人也没有朋友的人来说，别人只分为"可有可无的人"和"令我不愉快的人"。

然而哪怕素未谋面，哪怕不知道对方的模样，仅仅是将这座桥选为死亡之地，便足以让我对其产生亲近感。

或许是由于这个原因，我才会将一些多余的感情移加到她身上，萌生出"倒转时间，阻挠少女寻死"这样愚蠢的想法吧。

4

我没真心想着要插手。

仅仅是拦下她,并不会迎来 Happy Ending。只不过是从游戏结束变成继续游戏,回到名为"霸凌"的地图上罢了。对于想要退出垃圾游戏而选择结束生命的少女来说,或许我就是在帮倒忙。

说到底,她这样做是否仅仅因为霸凌,对于这一点也要打个问号。

是以前就不擅长与人交往,还是对自己的容貌感到自卑?这些情况同样有可能和她的自杀直接相关。若是和我一样不想再受到伤害才选择这样做,那我拦着人家反倒是给人家平添痛苦。

话虽如此,我却很难将这件事忘得一干二净。

最大的原因在于我听到了那四个人的对话。一个"因为霸凌最终自杀的可怜女孩"的形象已经深深扎根在了我的心里。

我知道这只是我一厢情愿的解读,可什么都不做的话,跟对霸凌视而不见有什么两样?除了我再没有人能回溯时间,如果我真的什么都不做,我肯定会内疚,会生出罪恶感,到死都会反复想起她。

剩下的两年里,我无论如何都想避免经受罪恶感的折磨。

换言之,我之所以要阻止她,只是要给自己找借口开脱。

如果就这样置之不理,我一定会后悔吧?因此,我至少要阻止一次。

理想的情况是她不再有这个念头,但假如她执意自我了结,那我也好果断死心,不再强求。只要能让我用"已经尽了人事"这样的借口安慰自己就行。

比起少女会不会自杀，更重要的是我会不会被罪恶感折磨。

这不是为了拯救少女，而是为了我自己。

我并非要"阻止她自杀"，准确来说是"阻挠她自杀"。

我用衔尾蛇银表回到了二十四小时前，随后马不停蹄地直奔那座桥。时间是下午三点多，还没有开始下雪。我边跑边祈祷少女还没有跳下去。下一次要到三十六小时后才能倒转时间，如果她已经跳了桥，那我就真的无计可施。

寒意刺骨，我忍着耳朵被撕裂般的疼痛不停地奔跑。

在那座桥映入眼帘后，我立刻看向河道沙洲，然而岩石的遮挡使我无法从远处看个真切。我的视力又不是很好，所以我只能从桥上朝下望了。

跟着回溯时间前的记忆的指引，我终于来到了少女跳桥处附近。

我大口喘着气，头晕目眩、脚步踉跄着双手扶住了冰冷的栏杆，强迫自己平复呼吸。我朝桥下望去，祈祷着少女没有倒在地上。

我在瞬间想象出了少女浑身是血倒在下面的模样，不过桥下有的仅仅是一片石子。

我把心放回了肚子，顿时力气尽失，顺着栏杆坐到了桥上。

"干吗这么拼命啊……"

我望着湛蓝的天空自言自语。要是她已经死了，那我也就断了念头，毕竟我只是来给自己找个借口，真变成那样按说也无所谓啊。

坐着休息了片刻后，我一边眺望着河流一边等待少女的到来。

起先我还在靠着栏杆玩手机，可逐渐冷得受不了，只好收起手机，把手放进了口袋。装在右边口袋里的衔尾蛇银表凉得如同一块冰。

我就这样不见一个人影和车辆地在这座桥上待到了下午五点多,天上飘起了雪花。暮色四合,橘色的路灯照亮了桥上。直到开始下雪,我才意识到自己忘了拿伞。好在雪下得小,不打伞也无妨。

我冲着手心哈了一口白气,突然见有人从对面走来。

我眯着眼睛辨认,发现那是一个少女。

这种时候一个人来这里有些不对劲。她的身量相比于同龄人来说有些过高了,不过穿的白色大衣却透出了稚气。

我确信她就是那个寻死的少女。

走来的少女同样没有打伞,在昏暗的天色下也能看清她的脸。然而,看到少女容貌的刹那,我的确信又变成了怀疑。

那是一个极为漂亮的女孩。

长长的黑发与白皙的肌肤形成鲜明对比,打远处一看便能看出她相貌端正。她有着与同龄人不同的成熟面庞,带着似有似无的苦命气质,反倒帮她形成了一种脆弱的美感。

那样的女孩会寻死吗?我注视着朝这边走来的少女心想。

我一直以为是不是那个少女,只要一眼就能辨别。比如,表情阴郁、身体某些地方不如别人等,应该从外表就能看出来。然而走过来的这个少女全然不见这种负面特征,甚至连伸手拂去发丝上的雪花这样的动作都透着优雅。她就像是那种富裕家庭中长大的大家闺秀,我完全无法把她跟轻生联系在一起。

——看起来和轻生扯不上关系的女生。这就是我对她的第一印象。

少女在我身前不远处站定，望了一会儿风景，接着又沿来时的方向离开了。片片雪花落下，少女黑色长发摇曳的背影如画般动人。

后来又有几个人从桥上经过，却没有其他像是轻生少女的人物。过了晚上八点，雪下得越来越大，我逐渐扛不住严寒，手脚没了知觉，穿了好几层的衣服也被淋湿，失去了保暖的作用。

再这样下去，我就算被冻死了也不奇怪。为了阻挠别人寻死，倒把自己冻死了，就算我再怎么想结束生命也不想选择这种蠢兮兮的死法。

而且那个看起来和轻生扯不上关系的女生一直在我的脑海里挥之不去。

她在眺望风景的时候看起来像是哭了一样。也许是落在她脸颊上的雪花融化了，才给了我这样的错觉，但我能从她的侧脸感受到她的落寞。

假如她真的是新闻里轻生的少女，那我再等下去也没什么意义。

我朝桥下望去，漆黑一片，什么都看不见。路人要想发现少女的遗体，堪比奇迹。少女不可能在这之后跳桥了还被路人看到，并登上几个小时后的新闻节目。

就算她不是新闻里轻生的少女，未来也的的确确改变了。

如同彩票的中奖号码发生了变化那样，现在应该已经变成了少女没有死亡的未来。

实际上也确实如我所料。

在我冻得受不了回家之后发现，新闻的内容已经和回溯时间前不一样了。电视新闻里并没有出现跳桥少女相关的报道，而是直接开始了天气预报，并一路播到了结尾。

虽然我不知道其中的原因，但未来无疑发生了改变。

第二天我又搜了一遍消息，确保少女真的没有死亡。但是万一她只是没在那座桥上，而是换了个地方了断呢？

我仔细搜了搜新闻和网上的帖子，最终都没有看到与少女有关的报道。不管原因为何，总之未来的确发生了变化，这让我松了口气。

不过之后我依旧日复一日地搜索着少女的消息。

轻生的少女是一个普通人。明星暂且不论，普通人的轻生行为基本是不会被报道的。少女的死会登上新闻，恐怕是因为考虑到了刑事案件或意外的可能性。

不报道一方面是涉及隐私问题，另一方面，更根本的原因是日本每年都会有超过两万人自杀，不可能全部报道出来。尽管有时会在事后出现"女生因受到霸凌而自杀一事得到证实"这样的报道，但估计也是自杀人群中的极少一部分。我担心少女找了别的地方寻死，只是还没有被报道出来，保不准我哪天就会在新闻上看到。

除了这点，还有其他原因促使我不停地搜索。因为我一直在猜测——那个少女会再次自杀。

有了强烈的意志，未来就不会改变。

比如，我对衣着没什么讲究，一般都是出门的时候最先看到哪件衣服就穿哪件。我并没有执意要穿"这件衣服"，穿的只是"偶然"选到的服装，所以倒转了时间之后未必会挑到同一件衣服。

这和彩票的中奖号码会变的道理是一样的，类似于重新抽了一遍。

反过来，假如我讲究着装，是那种在出门的前一天就想好穿什么衣服的人，那么倒转时间之后十有八九还是会选择相同的服装。

这也是理所当然的。只要某些东西不会因为倒转时间而改变，上班族就仍然要去上班，小孩子也仍然要去上学。

未来会改变，仅仅是因为名为"偶然"的命运。既然如此，少女没有死，说不定也是个"偶然"。

假设少女平日里就一直在犹豫要不要了结生命，就像我好几年来都没能迈出那一步一样，少女什么时候会行动都不奇怪。因为圣诞节的时候她便极有可能是"心血来潮"地选择了死亡，等我回溯时间之后又"心血来潮"地没有行动。如果是这样，那么只要问题没得到解决，某天她应该还是会"偶然"地行动。

而且我也不能就这么结束。我原本计划着在遇到少女后要跟她聊聊，不仅仅是安慰人的话，我还准备好了解决霸凌问题的对策，想着给她提供最起码的帮助，从而有理由自我开脱。

然而我却没能见到她。

这次她没有死亡，只是我运气好而已，并不是霸凌的问题得到了解决。

最终少女并没有得到救赎，我也无法硬说"已经尽了人事"。不管是对我还是对那个少女来说都是最坏的结局。如果就这么算了，那还不如不倒转时间。我要的是"阻挠"她轻生，不是单纯地让她"不"寻死，否则我做这一切就没有意义。

一意孤行的我之后也在不断搜索相关报道。

新年伊始的一周后，果然不出我所料，新闻里再次出现了少女轻生的报道。从报道中重复使用"从桥上""长发女生""坠落身亡"等描述来看,这个少女和上次报道中提到的少女很有可能是同一个人。

这次我决定先搜集情报再倒转时间。我到附近的派出所里假装提供线索:"昨天好像在桥附近看到一个长发女生,但记不清是几点了,如果能知道她身上例如衣服一类的特征,说不定我能记起点什么。"我成功问出了发现遗体的时间和她当时的着装。

接着倒转时间,午后我便在桥上等着少女经过。

最先发现尸体的人是在下午五点左右报的警。通过少女在此之前有没有来到桥上,便能判断未来是否会改变。再加上搜集了情报,因此我的心情比上次轻松了不少。

下午四点多,天色开始变暗,这时一个少女朝这边走了过来。

一片昏暗之中我很难从远处辨认对方的容貌,但我能确认她穿着和情报中同样的衣服。

——她无疑就是那个轻生的少女。

也正是我在圣诞节见到的那个和轻生扯不上关系的少女。

少女和之前一样在我身前不远处站定,遥望着风景。因为情报中描述的着装和我先前看到她时穿的衣服一致,所以我并没有感到惊讶。

不如说我可能就是因为想再次见到她,才会一连数日不停地搜索关于她的消息。

我一直无法忘怀那天看到的她的侧脸。那个时间,一个人连伞都不打地走在外面,恐怕是出了什么事。我很后悔,哪怕她不是那个少女，我也应该跟她说两句话。

我看着少女眺望风景的侧脸再次感到困惑。

——这样的女孩，为什么要寻死啊？

容貌端正，长发乌黑亮丽，肌肤白皙，身材苗条，从外表来看全然没有缺陷。那就是因为性格不好等内在问题？可她的气质成熟稳重，我想象不出会有什么性格问题。

不过哪怕是看起来人生一帆风顺的人，也会有烦恼。

假如是因为那样的长相而遭人嫉妒，那也可以理解。

班里要是有这种女生，哪怕一言不发肯定也是众人的焦点。她无疑会在同学间格外突出，应该还会受到男生们的青睐，成为其他女生嫉妒的对象也不足为奇。事实上的确有四个品性恶劣的女生在为她的死而雀跃。如果她本身没什么问题，或许还有回转的余地。

而且不管她遭受霸凌的原因是什么，我都必须先跟她搭上话，不然事情将毫无进展。

我走向她，准备跟她搭话。

走近后我才进一步看清了她身上的更多细节：柔顺的黑色长发光泽感十足，大衣袖口处露出的手腕很纤细，腿也又细又长。尤为细腻白皙的肌肤上点缀着粉嫩的双唇，圆圆的大眼睛上生着长长的睫毛。靠近一看才发现，她还残留着和年龄相符的稚气。

尽管没人看我，我还是僵在了原地。我不擅长和别人说话，开始独居后更是连说话的机会都没有，我很担心自己能否顺利开口。

啧，对着比自己小的女孩紧张成这样，像什么样子……我握紧拳头，硬着头皮张嘴。

第一章　失去希望的少女

"我看你心情不太好,是有什么烦心事吗?"

我对着少女说完,只见她来回看了一圈后指了指自己。看来突然被搭话,她也很紧张。

"这儿没别人了吧?"我笑了起来,她才迟迟小声回答道:"我没事。"

"我觉得'没事'这种回答才是最有事的。"

少女沉默下来,怯怯地往后退了几步。看来她对我挺戒备的。毕竟冷不丁被比自己年长的男人搭话,会有这种反应也是理所当然。

"很少有人会在这么冷的天气里来这儿啊。"

为了让她放下戒心,我不习惯地扬起笑容,挑起了话题。结果对方仅仅点了点头,压根儿不回话,甚至试图和我一点点拉开距离。

这样下去解决不了问题,于是我索性直接进入正题。

"好吧,那让我来猜猜你的烦恼。"

少女完全不给我眼神,一直在望着远处的风景,但我看到她的身体微微晃了下,她也许是产生了瞬间的慌乱,但立刻又故作平静。

"你是不是在犹豫,要不要从这里跳下去?"

这句话终于使得少女回头看向了我。

那伪装出来的平静荡然无存,少女的脸上流露出了错愕、不解、无措等复杂的神情。

"不对吗?"我问道。她轻轻点了点头。

"你想跳桥是因为受到了霸凌,这点我也猜对了吧?"

面对我的询问,少女不知所措地开口:"你、你是怎么知道的?"

我用一句"这我不能说"将她的问题糊弄了过去。要是我说了自己能倒转时间，估计她非但不会相信，还会认为我脑子有病，变得更加戒备吧。

我反问："不能找其他人谈谈吗，父母或者老师他们？"

结果她摇了摇头。

"没有人……站在我这一边……"少女握着栏杆，像是快哭了般回答。

"这样啊，找不到开解的对象，自己一个人忍到了现在啊。"

这对我来说只不过是为了消除她戒心的一句话，带来的效果却超出了我的意料。

下一秒，我就看到少女的眼眶里盈满了泪水。看到她那双大大的眸子里闪烁着泪光，我敢肯定，少女渴望有人能帮帮她。

我松了一口气。既然她心里想要得到帮助，那多少还有救。看来最终结果不会只是我的自我满足，我应该可以圆满地解决这一切。

我感觉照这个势头毫无问题，于是直接来到了行动计划的最终阶段。

"我给你提点建议吧。"

事情的发展和我期待的一样顺利。也许就是因为我觉得太顺利了，才会想也不想地下了一步错棋，结果踩到了她的雷区。

"嗐，说是建议，也不需要你变得多厉害。"说罢，我递给少女一个厚实的信封。

"这是……"

听到少女的询问，我如实回答："是一百万日元。"

"欸？"

见她不明所以的样子,我解释起了这些钱的用途。

"听好了,你可以把这些钱交给自己班里的风云人物,和他搞好关系。这样一来,在你受欺负的时候说不定就会有人来帮你,而且应该也能改善班里的氛围。但一定不要交给欺负你的那群家伙,那样只会让他们变本加厉地'敲竹杠'①。"

花钱寻找盟友,我真心觉得除此以外没有能消除霸凌的方法。想来那四个人不会因为被老师或者父母骂一顿就改过自新,率先创造出让对方不敢胡来的条件才是解决问题之道。

然而,少女低着头,没有接下信封的意思。

"别客气,毕竟你经历了那么多痛苦,值得收下这些钱。多余的钱可以买点自己想要的东西,然后把受过的欺负忘得一干二净,以后当作笑谈……"

我滔滔不绝地说着,试图鼓励她,全然不知踩到了她的雷区。

"……要。"

声音太小了,我没听清她说了什么。

"嗯?"

我止住了话头,少女猛地张大了嘴巴说道:"我不需要!"

声音震耳欲聋。

看到她的模样,我立刻意识到自己惹恼了她。但心慌意乱使我没能察觉到原因,甚至继续在她的雷区里蹦跶。

"为什么不需要啊?你可以拿这些钱让班里的同学……"

---

① 利用别人的弱点或用某种借口抬高价格或索取财物。

看到我再次递出的信封，少女的眼里滚落出大颗大颗的泪珠。

"不可能因为收下你的钱，我就能当作什么都没发生过啊！"

少女一手挥开信封，结果信封从我的手里掉到了地上，里面的一沓钞票滑了出来。偏巧来了一阵风，散落的钞票被吹得在空中飘荡。

"喂，喂！"

我手忙脚乱地捞着在空中飘散的数不清的一万日元钞票，少女不顾我的狼狈，抬起手背擦干泪水，逃也似的跑开了。我探出栏杆伸手抓钞票，其间风刮个不停，呼的一下便将信封里剩下的钞票都刮走了。

本是少女跳下的河道沙洲上，如今飘落了一张张一万日元钞票。我看着少女逐渐变小的背影，站在桥上喃喃道："多可惜啊……"

最终，电视里播出的不是死亡报道，而是"桥下散落着数十万日元"这种我心知肚明的新闻。不过总算是顺利阻挠了少女的自杀。

还真是可喜可贺……个鬼啊，活了二十来年，头一次把女孩子弄哭了，而且对方比我还小。我没想到这件事会对我的精神打击这么大——这种罪恶感是怎么回事啊？

现在回想起来，她会生气也是自然。这就相当于拿钱让她把过去经受的种种痛苦一笔勾销。她好不容易愿意开口求助，这下子或许又多了绝望。

倘若她再次寻死，那我岂不成了压死骆驼的最后一根稻草吗？

喂，饶了我吧。眼下的情况甚至比倒转时间前，比第一次阻挠她的时候还要糟糕。万一她死了，那就不妙了，非常不妙。我要想安稳地度过余下的两年时光,无论如何都必须化解我心中的罪恶感。为此,我定要让她活下来。

"只能一直阻挠她,直到她放弃为止。"

由此,我过上了阻挠一心寻死的少女——一之濑月美自杀的日子。

第二章

宛如肥皂泡泡

1

"我请客,想吃什么尽情点。"我看着家庭餐厅的菜单说道。

"不用了,我要绝食饿死。"一之濑赌气似的拒绝,也不管自己的肚子还在咕咕叫。

"你不点的话,我就给你点一份儿童套餐啊。"

"别点啊。"

舍弃寿命后的第二个四月二十三日,星期四,晴。

这一天,一之濑进行了第十五次自杀。

先前她一直是选择在电车站台上撞车,今天第一次选择在铁路道口往火车上撞,从反面意义上说还是个值得纪念的日子。真希望这是第一次也是最后一次。

我回溯时间,对站在铁路道口的一之濑进行了一番劝说,结果她充耳不闻地说:"不,我要在这里跳轨,永别了。"没有办法,我只能握住她的胳膊试图让她从铁路道口边离开,可她仿佛不愿去宠物医院的小狗那样寸步不移。当然,假如我使劲硬拉,想让她远离道口也是轻而易举的,然而她纤细的胳膊看上去如同捏出来的糖人一般脆弱,让我不敢用力。

无奈之下,我使出了终极手段——一个公主抱将一之濑抱起狂奔。

在我抱着她狂奔的一路上,一之濑恳求了二十八次左右"快放我下来",但我觉得一旦把她放下来,她就会立即返回铁路道口,于是我选择无视。

她比我想象的轻,手脚扑腾着挣扎的样子也比我想象的更为剧烈。被她乱挥的手打到脸上还是挺疼的。

走到距道口好长一段距离的地方时,有放了学的小学生指着一之濑哈哈笑,她满脸通红地认命道:"我今天不寻死了,真的,快放我下来吧。"

听到她这样保证,我才把她放了下来。

接着我们走进了眼前的家庭餐厅,坐到了靠里的位子上。

"那个,相叶先生,你要妨碍我是可以……不对,不可以,但请别再干出像今天这样的事了。"

难得见她这样极力反对,我笑着说:"万众瞩目啊。"

"这一点都不好笑!太羞耻了!"

"多好啊,给你留下了宝贵的回忆,连小学生都吓了一跳。"

"没错,甚至被小学生看到了……我都努力想忘掉了啊!"

一之濑像是要把自己通红的脸蛋藏起来一般趴在了桌子上,连耳朵都染上了绯红。

"我也感到很羞耻的,彼此彼此吧。"

"你还羞耻……放我下来的时候,你是不是笑了?"

工作日的大白天里抱着一个女生在街上狂奔,实在让人忍不住笑。

事情到底为什么会演变成这样啊?

"总之,你要是不想再被我公主抱的话,那就放弃轻生。"

"我不放弃。"将脸埋在桌上的少女闷声反驳。

第二章　宛如肥皂泡泡

距离第一次遇到一之濑，已经过了大约四个月了，我们之间的对话逐渐增多，可她依然没有放弃轻生的意思。我只能不停地阻挠她，除此以外别无他法。

不过即便只是对话增多也算是很大的进步了。刚遇到她的时候，我就算挑起了话头也会被一句"钱的话我根本不需要"噎住。我一次又一次绞尽脑汁试图博得她的信任，但屡屡作茧自缚，想想都痛苦。

比如，她经常会穿同样的衣服，今天她穿的也是白色针织开衫内搭白色吊带，下穿淡粉色的半裙。在我们刚遇到的寒冬时节，她则必定会穿白色大衣，估计她很喜欢白色系的穿搭吧。事实上，这种风格衬得她那头漂亮的黑色长发尤为醒目，我觉得很适合她。

一之濑会穿着心仪的衣服轻生。在我这种对衣服没有执念的人看来，这的确很像女生的作风，不过连寿衣都亲自挑选，这样的女生也是够独特的。

我没意识到这点，所以有次不小心对她说："我给你买身衣服吧，总是穿同样的衣服肯定会腻的，偶尔也可以试试不同的衣服。"结果一下子得罪了她。于是我深深地反省自己，在这方面，包括那一百万日元，一定要慎之又慎才行。

与那时相比，如今我们仅仅是能一起坐在家庭餐厅里，按说也已经是莫大的进步了。我看着眼前闹脾气的少女，如此安慰自己。

进店后已经有十分钟了，我催她："我想点餐了，你赶快看看吃什么。"

一之濑仍然是肚子咕咕叫着拒绝到底："我什么都不需要。"

可当我叫来服务员，想先把自己那份点了的时候，她又慌慌张张地抬起了头，用菜单遮住了脸，大概是不想让服务员看到自己不体面的样子。

我点完林氏盖饭①后问她："还没选好吗？"她尴尬地回答："还没有。"估计是在服务员面前说不出"我什么都不吃"这样耍小性子的气话吧。

年轻的女服务员微笑道："可以慢慢选。"

一之濑终于不情不愿地说："麻烦要一份跟他一样的。"

服务员一离开，她就气呼呼地说："这是我最后一顿饭啊。"

"知道了，知道了。"我收拾着菜单，对她的话左耳进右耳出。

自从一起行动的机会增加后我才注意到，她很在意周围人的目光。

在意他人的目光也分各种各样的情况，她属于害怕和戒备的那种。如果一群和她同龄的人从我们面前经过，她常常会躲到我身后，大概是害怕遇到同学或霸凌自己的人。除此以外，她对于警察、服务员等成年人的目光貌似也很敏感，恐怕工作日的早晨在大街上闲逛这件事令她十分在意吧。

神情警惕地走在街上的一之濑，仿佛是生活在严酷大自然里的动物，看起来很难以人类的身份生活下去。她的长相本就吸引眼球，让人联想到的动物也都是惹眼的那种，总之似乎都会面临生存困难。

对他人的目光提心吊胆的一之濑看上去过于可怜，让我最近对于延长她寿命一事又冒出了新的罪恶感。

---

① 以日式酱油、洋葱、番茄、红葡萄酒为辅料做成的日式牛肉盖饭。——译者注

简直是本末倒置了，或许不管选哪个选项，我都无法摆脱罪恶感吧。

到底要怎么做才能拯救她呢？

我盯着眺望窗外的一之濑思忖。日光透过窗户照得她的肌肤白得发光，微微炫目。片刻后，她注意到了我的目光。

"我的脸上沾了什么东西吗？"

"我在想要怎样做你才肯放弃。"

一之濑叹了口气，还是那一套说辞："我不是都说了吗？我不会放弃啊。"

"如果欺负你的那群家伙不再胡来，并且向你道歉，你会愿意放弃吗？"

一之濑想也不想地摇了摇头："事到如今来道歉也只是给我添麻烦罢了。"

这种看破人生的口吻，确实是渴望死亡之人会说的话。

"我不认为她们会来道歉，而且如果一句'对不起'就想将过往一笔勾销，那我也不想要她们的道歉，还不如就这样让我当个受害者来得轻松。我已经不想再见到她们，甚至连她们的脸都不愿回想。"

我沉默下来。假如解决了霸凌问题她就能放弃轻生，我倒是可以采用一些"非常手段"，比如拿钱买通那些霸凌她的人，让她们给一之濑道歉，走个形式，或者不择手段地逼她们道歉之类。

然而一之濑本人并不期待以这种方式解决问题。

这倒也是。收到了道歉，又能如何呢？如今早就过了一句"对不起"就能解决问题的阶段，只能说这种道歉为时已晚。既然已经没有了能圆满解决问题的方法，那么比起收到道歉，自然是更想不再见到对方。

"让二位久等了。"

两份林氏盖饭被放到餐桌上，一之濑瞄了我一眼。

"再不赶紧吃就凉了。"在我催了一句后，她才拿起勺子吃了起来。

盖饭似乎比她想象的要烫，一之濑泪眼汪汪地喝了一口凉水，从第二口开始便先吹了又吹，等饭凉了才送进嘴里。看来她是那种怕烫的"猫舌体质"。

"你有什么未了的心愿吗？"我吃着盖饭问道。

"你的意思是如果我没有，便同意我自杀？"

"你怎么会这么理解？我是期待着你完成了心愿后能对自杀这件事回心转意。真的没有吗？"

"怎么可能会有啊？"她云淡风轻地说道。

好歹也思考一下吧……

"反倒是你，为什么要妨碍我？"一之濑一边吹着勺子里的饭，一边半眯着眼睛愤愤地盯着我。

"当然是因为明知有人要轻生，我不能坐视不管啊。"

"是我自己想死的，跟你有什么关系？"说完，她仍带着一脸不满地补充道，"不过，一般人应该是不会知道谁要自杀的吧？"

"哪里就没关系了？再说谁要轻生，光看脸就能一清二楚。"我指着附近座位上几个说说笑笑的大婶，随口一说，"那些大婶就不会这样。"

"这我也看得出来。"她无语地回答。

"话说回来,你周围就没有人察觉吗?"

"没有,家里人也觉得我是在开玩笑。"

"觉得你在开玩笑?"我刚说出口,一之濑便慌忙说道:"刚才的话,你就当没听见吧。"她小幅度地摆摆手,试图糊弄过去。

"你向家人坦白过自己的这个念头?"

我不顾她的回避执意追问,她才轻轻点了点头。

"说是坦白,也只不过是嘟囔了一句'我好想死'罢了。"

"那你家人是什么反应?"

一之濑垂着头摇了摇:"家里人都不待见我……"

"不待见你?"

一之濑吞吞吐吐地讲了一些关于她家人的事情。

据她说,她的生父因癌症去世,一年后母亲再婚。如今她是和母亲、继父以及两个继姐,五个人生活在一起。

全家人都知道一之濑在学校遭到了霸凌,然而继父为人极为严厉,认为无论发生什么都不能不去上学。

一之濑不想去学校,两人自然每天争论不休。继父时而对她恶语相向,时而对她采用暴力手段,铆足了劲要把她拽去学校。为了逃离这样的继父,一之濑开始每天早上离开家,一直在外面消磨时间到傍晚才回去。

两个姐姐不喜欢一之濑反抗父亲的态度,时常挖苦她,更过分的时候还会对她施暴。就连一开始向着她的母亲也渐渐偏袒起了继父,如今只剩下一之濑自己被全家人排挤在外。

面对这样的现实,一之濑疲惫不已,不由自主地在家人面前说了一句"我好想死"。可无一人表示同情,继父吼她:"想死就现在立马去死!"两个姐姐骂她:"别在那儿装悲剧女主角了。"母亲则对此装聋作哑。

一之濑说完了自己和家人之间的关系,仍旧低着头。

我问她:"你想死,是为了向家人证明自己的勇气吗?要是这样的话,为了那些人这样做也太不值了。"

"或许也有这方面的原因——"一之濑先说了这句话,又话锋一转,"但我已经累了。学校里没有朋友,回到家还要被继父责骂,被姐姐看不起,就连母亲也不管我的死活。不管是在家还是在学校,全都是让人心烦的事情,这样的人生,我真想早点结束。"

"所以,相叶先生……"她继续说道,"我死了,有人会开心,但绝不会有人难过。我自己也渴望着死亡,我不会给任何人添麻烦的,所以你就让我了结生命吧。"

我不知道该怎么回答她,感觉说什么都只是安慰。

想来也是,毕竟我自己就是一个舍弃了寿命的人,自然说不出什么能让她打消这个念头的话。

但即便如此,我还是不能认同她的行为——

"不行!"

仅仅两个字,要想抗衡她轻生的念头未免过于单薄,对于一之濑来说听没听到都无甚区别吧。我自己也对这样的反驳很是羞愧。

普通人在这种情况下会说什么话啊?

第二章　宛如肥皂泡泡

话说回来,我到底为什么会对她如此执着?

这段时间我无数次自问自答。虽说对她怀有负罪感,可有必要做到这一步吗?反正两年后我就会死,事到如今还管别人的事,是不是吃饱了撑的?

然而我还是忍不住想:倘若自己没有阻挠她……

如果我没有公主抱抱着她来到这里,眼前的少女又会变成什么模样呢?或许,火车的冲击会致使她白皙的肌肤皮肉分离,如今握着勺子的手也会连着胳膊被车轮全部轧断,心仪的衣服漫上猩红。而她将看着这一瞬间,在痛苦中迎来死亡。

交通事故等意外中常会用到"当场死亡"一词,可事实是人不会在瞬间丧命。"当场死亡"说到底指的仅仅是在极短时间内死亡。

撞车也是如此。被车撞飞的人也未必会瞬间死亡或者失去意识,很有可能会在亲眼看到车轮碾轧过自己身体的一幕后死去。

不阻挠她,也就意味着要让我对此视而不见。一想到这里,我就无法说服自己"别管别人的事"。如今勉强和她说上了话,那就更不可能了。

如果我对她说了撞车后不会当场死亡,说不定能让她重新考虑。但用这种近乎威胁的方式阻止她,毫无意义。

最终,我唯有继续思考阻止她的方法。

在我思考的过程中,一之濑如往常一样面带不满,一言不发。每当和我四目相对时,她都气呼呼地鼓着脸,我们俩直到吃完饭都没再聊一句话。

我在收银台掏出钱包打算结账时,突然想起来一件事。

"对了，这个给你。"

我递给一之濑一张画着小狗崽的公用电话卡。

之前我给过她写有我电话号码的纸片，她一直不肯收，第一次拒绝，第二次撕了，第三次才终于收下。

"想死的时候，或者发生什么事了，就给我打电话。"尽管我这么叮嘱过她，可她压根儿就没有手机，身上的零钱也没多少。

于是几天前，我将这张电话卡装进了钱包，想找机会送给她，方便她随时用公用电话打给我。

"好可爱……不对，这是什么？"她目不转睛地看着电话卡上的小狗崽问道。

"你该不会不知道公用电话卡吧？"

一之濑点了点头，不禁让我感受到了代沟。

"车站之类的地方不是有公用电话吗？把这张卡插进去就能打电话了。要是发生了什么事就打我之前告诉过你的号码。"

"那张纸我已经扔了，因为我没法打电话……"

"你……"我无语了，在小票背面写上了电话号码递给她。

"不管是大清早还是大半夜，随时都行。在你想死或者烦恼的时候记得打给我。"

"在给你打电话之前我就会去死。"

"行了，赶快收下。"

见她不想要，我强行将小票塞到她手里，当天就此分别。

"再见，但我们应该不会再见了。"

"下次见啊，回去路上注意安全。"

"我就不注意安全。"

我注视着她越走越远的背影,心里冒出了不安——解决了霸凌问题也毫无意义,她家里也不太平。

我不知道该如何是好,会有能完美解决问题的方法吗?像我这种已经逃离了人生的人,一丝头绪也抓不到。

但也并非没有进展。令我意外的是,一之濑会这么干脆地将家里的事情向我和盘托出。毕竟初见时的她是那副模样,我完全想不到会有这么一天。

慢是慢了点,但她的确在逐渐放下戒心。

这样一直阻挠下去,没准儿会有进一步的突破。

2

舍弃寿命后的第二个五月五日,星期二,晴。

这一天,一之濑进行了第十六次自杀,这次是从"往常那座桥"上跳下去的。

往常那座桥就是我以前常去的桥,既是我遇到死神的地方,也是她第一次轻生的地方。桥的规模不小,却没有名字,只能称其为"往常那座桥"。

一之濑轻生就只有两种选择:从那座桥上跳下去,或者冲向驶来的电车。从次数上说,她选择跳桥的次数更多,而且对于她会从哪个方向过来,我已经了然于心。

我站在桥上，仿佛和她约好了要见面般挥了挥手，只见一之濑毫不掩饰地垮着一张小脸，向我打了声招呼。

"今天就让我来告诉你活着是多么美好吧。"

"是吗？再见。"

"等等啊！"

一之濑转身要溜，我一把抓住她细瘦的胳膊。

"你今天也不想回家吧？"

"……是不想回。"

"那你跟我走，就当打发时间了。你要是不来的话……"

"你是想说再来一次公主抱之类的吧？"一之濑认命似的说道。

"以心传心"形容的难道就是这种情况？估计不是。

我们从桥上走向最近的车站，一之濑微微落后我几步。我想着是不是自己步伐太快，不过她好像是单纯想藏在我身后。

坐了几站电车后下车，在车站前的公交站转乘区间公交又坐了大概三十分钟，我们最终到达了一家大型购物商场。

表面上看似轻松顺利地来到了商场，实则一路上状况频发。一之濑一会儿趁着我买票的时候要跑，一会儿又站在车站站台上没好气地对我说："我不会跳向电车的，别抓我胳膊！"

真的好累。

我们进了商场，在导览图上确认过后就朝着目的地走去。我来过这里好几次，宽阔的停车场上总是停满了轿车，商场里也总是人山人海。

这一带比我住的地方更偏乡下，没有其他的商业设施。是以这家网罗了各式商铺的购物商场便成为当地居民生活的重要部分。

"到了,今天要来的就是这里。"

"到了?这里不是电影院吗?"

我计划着今天带她在商场里的电影院消磨时间。

"看过有人死亡的电影之后,说不定你就能明白活着是多么美好了。"

嘴里说着这种意义不明的话,其实我只是和平时一样在随口胡扯。

像我这种向来独来独往的人,能和她聊的内容过于单一,因此我选择了很容易制造共同话题的电影院。

"原来如此,绝不可能。"

一之濑毫不客气地否定,而我只管抓着她的手走进电影院。

"我可没带钱啊。"

"别担心,今天也是我请客。"

"请一个将死之人,纯粹是浪费票钱哦。"

"都是将死之人了,就没必要客气了吧。"

一进电影院就是昏暗的大厅,售票处、周边店、小吃店一字排开,上方的大屏幕上播放着某部电影的预告片。

这家电影院虽说开在购物商场里,但依然打造出了电影院特有的昏暗空间。平时看电影的话我会选择离家更近的一家大型电影院,不过今天还带着一之濑,如果去那座桥附近的电影院很有可能会遇到她的同学,肯定不会是她中意的地方。因此,我今天挑了这家离住的地方较远的电影院。

然而今天全家一起逛商场的，以及年轻学生尤其之多，走在我旁边的一之濑貌似也很好奇周围的情况。

"工作日为什么会有这么多学生？"这一疑惑很快得到了解答。

今天是日本的儿童节。

自从得到了银表，我就只记得哪天是星期几，全然没有意识到已经进入了黄金周。

这家商场本就是当地居民的聚集地，再碰上黄金周，不怪乎会这么拥挤。这种情况对于讨厌人群的我，以及在意其他人目光的一之濑来说，着实不讨喜。

话说回来，她竟然要在儿童节轻生……我看着身旁乍看之下纯真无邪的一之濑心想。

意识到我的目光的一之濑歪着脑袋，似是想问"怎么了"。见她这样对我的担忧一无所觉，我不禁叹了口气，结果她却有些生气：

"想说什么就说啊！"

拜托体谅一下别人的心情吧。

"虽然我说了要看有人死亡的电影，不过如果你有其他想看的电影也可以选。"

"可我都不知道有什么电影上映啊。"

"……真希望你能把兴趣分一点给死亡以外的事情。"

我露出苦笑，得到的却是"请不要给我出难题"这样令人十分遗憾的回答。

写有排片表的海报前挤满了人，我拿了一张印有缩小版海报的宣传单，暂时从人堆里逃到了外围。

第二章　宛如肥皂泡泡

我让一之濑从宣传单上挑一部她想看的电影。

我先提议了一部在电视上被宣传烂了的爱情片。

主演是一名帅气的男演员,在我浅薄的思维中觉得像一之濑这样的女孩应该会喜欢爱情片。尽管并不是非要看有人死亡的电影,不过从简介来看,这部电影貌似讲的是疑难杂症,主角的恋人最终离开了人世,而且电影的口碑也不错。我以为可以直接定下这部,然而一之濑的反应却有些微妙。

"嗯……我不太懂爱情什么的,这部怎么说呢……"

这句话由她说出来颇为违和,像她这样年纪的女生,应该对爱情充满向往才算正常。但这也算符合她的性格。

接着我提议了一部刻画真实战争的电影。

这已经不单单是有人死亡了,简直是死来又死去的电影。我在脑海中想象了一之濑看完电影后回心转意,对我说"真的要感谢我们能生在一个没有战争的时代啊,我不会再自杀了"的场景。

……不行,我想象不出来。

只见她抱着胳膊一脸为难地表示:"我不是很喜欢有流血镜头的电影……"

这是动不动就自杀的人会说的话吗?我差点爆出这句吐槽,幸好我忍住了。

我提议的第三部是个有点怪的电影,讲述的是一个女生和她养的一只想过圣诞节的独角仙的故事。

独角仙是生长于夏季的昆虫,很难活到圣诞节。这看起来是一部以生命脆弱无常为主题的电影,那或许能让她的想法产生一些改变——

"我讨厌虫子,不行,选个别的吧。"

独角仙电影瞬间被毙,好脆弱。

接着我又提议了一部有幽灵登场的恐怖片。

莫说是有人死亡了,这干脆已经死透了。我不会告诉一之濑自己单纯想看她被吓到的样子。

"这部电影看起来挺可怕的……"

"你怕鬼吗?"

"只要知道是假的,我就不怕,应该没问题。"

"没问题不就行了?"

"可如果真实存在的怪物出现在电影里,怎么分辨?"

"这还说没问题?你简直怕得要死啊。"

之后我还提议了一部小孩子会看的魔法少女动画,她又生气地说:"别把我当小孩子!"总之,每部电影她都反应平平。

最终稳妥起见,我们还是决定看一开始提议的那部关于疑难杂症的爱情片。

买完两个人的电影票后,我朝着等在大厅中央的一之濑走去,半路上听到几个大学生模样的男生指着一之濑谈论道:"快看那个女孩,可爱不?""你去搭讪啊!"身处议论中心的本人却一直在看播放预告片的大屏幕,似乎完全没有注意到他们。

等待电影开演期间,一股甜香的味道从小吃店飘了过来,好像是焦糖爆米花的味道。一之濑似乎也闻到了,和我一样看向了那边。

"有什么想吃的吗?"我问完,一之濑客气地回绝:"不用了。"但看到她用羡慕的眼神望着小朋友手里的吉事果时,我还是决定过去排队。

除了吉事果，我还买了爆米花递给她。起初她还逞强："我不需要。"

我骗她："我是会员，这是附赠的，我不吃这些。"

她才莞尔道："那我勉为其难地收下吧。"

两只手拿着吉事果吃的一之濑，会让人联想到松鼠那样的小动物。不过要是将这个比喻告诉她本人，估计是要被骂的，所以我并没有说出口。

吃完了吉事果，正好到检票的时间。我们走进放映厅，坐到了自己的座位上，放映厅中其他的座位几乎都坐满了，说话声从四面八方传来。

灯光熄灭，荧幕上放起了电影的预告片，结果竟是恐怖片的预告。我用余光瞄了一眼坐在旁边的一之濑，只见她死死地闭着眼睛。这完全不是她口中的"没问题"。

电影的正片又是疑难杂症的老套故事。

女主角青梅竹马的男友被宣告只剩下半年生命，两人克服了爱情中的种种意外。女主角被其他男生告白，所剩时日不多的男友为了不拖累她，主动提出分手，最后女主角还是选择了男友，一直照料到他离世，剩下女主角一人发誓要连着男友的生命一起活下去——全剧终。

老实说，剧情从头到尾都在我的预料之内，所以我没哭出来，这剧情还不如一口咸味一口焦糖味的爆米花在嘴里碰撞出的复合滋味令我感动。

然而电影演到一半时我便能听到一声声的抽泣，其他观众貌似都完全沉浸其中。场内有很多年轻女性，我仿佛与周围格格不入。

实际上，连扬言"不懂爱情"的一之濑最后也哭得梨花带雨。对了，在演到吻戏时，她还坐立不安地用手捂住了脸。

"有没有觉得活着真好？"看完了电影，我向还在吸鼻子的一之濑问道。

"一点点。"她拿着手帕边擦眼泪边说。

"太好了，那——"

"我不会放弃的。"她秒答。

"看了电影之后还是不变吗？"

"当然。"

"我不会说电影台词那样的话，但还是希望你的求生欲能再强烈一点啊。"

我颇为遗憾地说完，一之濑执拗地反驳："现实和电影不同，刚才的电影就是因为结束在那一幕，才会显得美好啊。"

我还以为她的回答铁定是"不可能"之类的，三言两语就结束，以至于没能一下子明白她的言外之意。

"而且也没有人会鼓励我，对我说'希望你能活下去'。"

"不是，这种人不就在你眼前吗？我希望你能活下去，你死了我会很难过的。"

一之濑有些无措："请不要说这种让我不知如何回答的话。"

"不用想怎么回答，你应该喜极而泣。"我答道。

"我还没有单纯到会为了谎言而开心。"

"刚才不还哭哭啼啼的,那份单纯到哪里去了?"

之后在回程的公交和电车上我们还在聊着电影的观后感。

我提议:"下次去看恐怖片吧?"

结果遭到了一之濑的强烈反对:"绝对不看!"

"回去路上注意安全啊。"

"我就不注意安全。"

临别前还是一如既往的对话。在和一之濑分开后,我才终于意识到她为什么会说那句话。恐怕她是在失去了男友的女主角身上,看到了自己这个丧父之人的影子。

父亲离世,母亲再婚,自己没有了容身之处。失去了恋人的女主角也像自己一样,前途一片灰暗——这大概才是一之濑心中真正的结局。

的确,等待着那位女主角的,似乎不会是光明的未来。经历过那样一场至死不渝的恋爱,她还会去寻找新的恋情吗?还会碰到比离世的恋人更重要的人吗?看到别人的恋人健在,生活得一帆风顺,她不会嫉妒吗?

我能想到的,只有她痛苦生活的模样。

想被人喜欢却无法如愿的我,与再也见不到恋人的女主角,究竟谁才是不幸的?

我之所以哭不出来,是因为在我眼里他们的不幸只是一场闹剧,并不是因为这是虚构出来的故事。

他们很幸福。女主角没有抛弃生命垂危的男友,到死都还深爱着他。纵然被别的异性追求,她依然选择了命在旦夕的男友。她是多么幸运，遇到了值得她义无反顾的对象。

男友能在恋人的守护下离世，所以同样很幸福。这个世界上，没能说出临别之言，甚至连重要的人都来不及再见一面便撒手人寰的也大有人在。

至少我生命的最后一刻估计会很凄惨，我大概率会独自一人默默死去。和我比起来，他的人生末日是多么幸福啊。

所以我不觉得他们是不幸的，甚至对于他们这种要把肤浅的不幸塑造成一段佳话的行为心生厌烦。

我身边没有称得上重要的人，所以我也完全无法理解失去重要之人的悲伤。在不幸一事上争个高下甚是愚蠢，但我真不想把他们的经历形容为不幸。

若不是比他们还不幸，我甚至不会有资格为舍弃寿命一事辩白，但是一之濑的烦恼与他们有共通之处。

不将之解决掉，她也许是不会放弃轻生的。

我抬头望着赤红的晚霞，深深叹了口气。

3

"今天去哪里玩？"

"我想去黄泉。"

"是吗？原来你想去游戏厅啊。"

"没一个字是对的。"

第二章　宛如肥皂泡泡

舍弃寿命后的第二个五月十八日，星期一，晴。

这一天，一之濑进行了第十七次尝试。

今天她也是从往常那座桥上跳了下来。这次和上次，她都没有给我打电话，先前给她的那张电话卡似乎已经成了摆设。

我和平时一样在桥前面截住了一之濑，按照自己的想法把她的意思解读了一遍，然后决定带她去游戏厅。

"去了游戏厅，我也什么都不会玩啊。"

微风吹拂，一之濑的黑色长发清爽地飘扬。

"你平时不去游戏厅吗？"

"小学时去过几次，但已经好几年没去过了。"

我差点要说出来那里是最适合打发时间的地方，可一之濑身上又没什么钱，这种建议对她毫无用处。

我实在不认为她的父母会给她零花钱。

忘了是哪一次，我在车站站台上阻止了她轻生，并打算带她到稍远的一座小镇旅游，结果她说："我的钱不够，没法上车。"我用"哪有人因为车费不够而轻生的"这一理由劝下了她，帮她付了钱。

没有钱，能活动的范围就会受限。我也是不想待在家里的人，因此很清楚凭借她现有的财力想消磨时光是挺费劲的。

眼下是春天倒还好说，要是夏天和冬天，那必须花点心思。说起来，一之濑是从圣诞节开始尝试自杀的，那她之前在冬天都会去哪里啊？

"不想待在家里的时候，你一般都在哪里？"

一之濑想了几秒钟后回答："公园或者家居用品店吧。"

"家居用品店？是车站附近那个？"

离我们最近的车站附近有一家大型的家居用品店，我从没进去过。按照她的活动范围，我想不到其他地方。

"没错，那个家居用品店里有卖热带鱼的店铺呢！"

"原来如此，盯着那里的鱼打发时间啊。那你喜欢鱼吗？"

她笑着说："嗯，特别喜欢！而且那里还有超级可爱的六角恐龙！"

"六角恐龙？"

我一问，她便兴高采烈地讲起六角恐龙的特点。

比如，那张看不出来它在想什么的脸；粉色的毛茸茸的鳃；前脚有四根脚趾，后脚却有五根；呆呆木木的，朝自己游过来的时候会撞到鱼缸；等等。

一之濑热情地介绍着六角恐龙，脸上泛起了红晕，看起来很兴奋。真是难得。

"除此以外，还有叫作鬣狮蜥的蜥蜴呢！"

"原来你喜欢六角恐龙这类奇怪的生物啊。"

我理解不了喜欢两栖类和爬虫类的人，只能憋出这么一句感想。

"才不是奇怪的生物！"一之濑气鼓鼓地反驳。

"你不也喜欢蛇吗？"

"蛇？为什么说蛇？"

"你随身携带的银表盖子上刻的不是蛇吗？"

哦，我懂了，不过那并非普通的蛇。

"那不是普通的蛇，是希腊神话中的生物，叫作衔尾蛇。"

第二章　宛如肥皂泡泡

"衔尾蛇？"一之濑歪着脑袋反问。

从死神手里拿到银表之后，我查过衔尾蛇的相关资料。衔尾蛇是一种叼着自己尾巴吞下形成圆环状的蛇，抑或是龙。银表上只刻了一条，不过我在查资料的时候还看到过两条蛇互相咬着尾巴的图片。

衔尾蛇似乎象征着不老不死、永恒等。

若是如此，那衔尾蛇银表便名不副实。因为它最多只能倒转二十四小时，用一次就要等到三十六小时后才能再次使用。时间无论如何都会再前进十二小时，这块银表要冠以象征永恒的衔尾蛇之名还远不够格。

不过要是能让时光永远倒流，八成大部分人都会选择用寿命换取这块表，那就失去了交易的意义，因此持有者也只能无奈地接受它的限制。

我只是在一之濑面前提了一下衔尾蛇的话题，但她似乎兴致缺缺。

顺便一提，每次阻挠她轻生后带她出去玩，就是为了争取时间。举个例子，假设我是在倒转时间后经过了十个小时才拦下她，后续就要等二十六小时才能再次倒转。

在这种情况下，如果她在两小时以内再次行动会是什么结果？

等银表的力量恢复时，距离她行动早就过了二十四小时，我将无法回到她行动的那一刻。

在这一段回不去的时间过完之前，我必须看好她，所以我才想方设法带她出去玩。

我们乘坐电车来到一个稍远的车站，从那里步行到一家游戏厅。

到了店门前，一之濑突然站住不动了。我问她怎么了，她说："工作日一大早就待在游戏厅里，那个……不太正常吧？"看来她是害怕被警察教育。

"你装得淡定点就没事，战战兢兢的才会让人起疑。"

"你说没事，意思是你经常这样做吗？"

我肯定了她的想法，走进游戏厅。一之濑一脸无语地跟在我身后："原来你是个不良少年啊。"

以前我就经常去游戏厅和电影院，但这并不是因为我有想玩的游戏或者想看的电影。对我来说，只要能打发时间，让我至少能专注在某件事上，在哪里都无所谓。

简单来说就是逃避现实。

专注于某件事情，从而不再理会现实，这样的时间对我来说不可或缺。我和一之濑一样与父母关系不睦，拿不到多余的零花钱。不过因为他们烦我，也懒得管我，所以他们会直接把饭钱给我，于是我便挤出多余的钱逃避现实。

因此，对于学生时代的我来说，逃避现实的那天是一个特殊的日子，也是我唯一的期待。多亏有衔尾蛇银表，如今我才能想去就去。尽管它名不副实，但还是帮了我不少。

我们走进的游戏厅是家老店，一共三层。一层和二层摆放着抓娃娃机、格斗游戏机、推钱机等各式各样的游戏机，光看这些会觉得这里就是一个普通的游戏厅。不过到了第三层就会发现，整个三层都被打造成了棒球击球场，这也使得店里的氛围别具一格。工作

第二章　宛如肥皂泡泡

日的白天客流稀少，对我们俩来说倒是再合适不过。

"你有什么想玩的吗？"

"没有。"

我猜她就会这么说。一之濑看起来不像是会玩游戏的人，和我一起拍大头贴想必也没什么意思。可除了这里和电影院，我也没别的地方能带她去，只好按照想好的计划进行。

"抓娃娃机怎么样？要是有想要的奖品，我们就玩到抓到为——"

"我不需要。"她秒答。

……好歹让我把话说完啊。

"你连看都没看，没准儿有你想要的东西呢。"

"就算有想要的，最终也会被扔掉，算了。"

"扔掉？什么意思？"

一之濑扭过头，带着不愿提起的语气说道："会被我继父扔掉。他说不去上学的人用不着这些东西，他把我的玩具全扔了。"

她的表情越来越暗淡。

我貌似又搞砸了。虽然我早就知道她不喜欢自己的继父，却没意识到有这么严重。被几年前还是陌生人的男人擅自处理自己的所有物，站在一之濑的立场来看，大概只会觉得不可理喻吧。

"那就不玩抓娃娃机了，去玩点别的游戏吧。"

一之濑低着脑袋，被我拉起手。原本我打算靠抓娃娃机撑两个小时，不过事已至此，也没办法了。

我开始寻找能让一之濑也乐在其中的双人游戏，最终我看中了射击游戏。拿枪击退袭来的丧尸，属于游戏厅的必备游戏。我选的是能合作玩的那款。

"我看着你玩就好。"一之濑说着,和我保持了一定距离。

我当着她的面投入了双人份的硬币,拿出两把用线圈连着游戏机的手枪,将其中一把塞到她手里:"拿着,过来帮忙。"

"给我干吗?我都没玩过啊……"

一之濑手足无措地拿着手里的玩具枪,翻过来倒过去地端详。

游戏可不管这么多,直接开始了。

"欸?欸?怎么打啊!"

注意到游戏已经开始,一之濑手忙脚乱地举起玩具枪。

"不知道,我也是第一次玩,边玩边学吧!"

我这个建议说了跟没说一样。老实说我也很慌,我还以为一开始会有操作方法的介绍,但什么也没有,游戏直接开始了。

起初的丧尸都不是很厉害,我们这种新手也能轻松搞定。渐渐地,我自认为我们两个开始上手,一直到游戏中途都很顺利。

直到我挂了。

"抱歉,我死了,你加油。"

"喂,喂!我一个人不行啊!"

一个人完全忙不过来,丧尸越来越近。一之濑打完左边射右边,然而和丧尸之间的距离还是在逐渐缩短。

看到一之濑慌里慌张地把枪口瞄准丧尸,我在一旁笑了起来。

"别笑了,快来救我啊!"

见她这样拼命地求救,我本想着点下"继续"选项,这才发现手里已经没有一百日元硬币了。我告诉她要去换钱,暂时走开了一会儿，然而正当我把一千日元的纸币塞进兑换机时，只听一声"别过来啊——"的惨叫，我意识到自己还是晚了一步。

"都怪你太慢了我才会死！"

兑完钱回来后，一之濑举起拳头对着我的肩头捶个不停。看来她相当不甘啊。

接着，我决定玩自己颇有经验的飞镖游戏。

一之濑好像没玩过，于是一开始我让她先练习着扔了一下。她摆出了一个笨拙的姿势，嘿的一下使劲将飞镖扔了出去。结果飞镖脱靶撞到了墙上，来了一个颇具艺术感的反弹，直挺挺地击中了我的脑门。我毫无成年人形象地痛呼出声，一之濑也慌忙跑来关心我："没、没事吧？"

我不禁担心，这已经不是赢不赢的问题了……

在对战规则上，我选择了新手也很容易明白的累加计分制。规则非常简单，我们轮流扔三支飞镖，重复八个回合，结束时分数高的玩家获胜。玩家只需瞄准分数高的地方，竞争得分就行。

要是我使出全力，那压根儿没得比，于是我故意瞄准得分低的地方扔。虽然我玩过飞镖，但也没有到百发百中的地步。因此，我把这当成了一次定点瞄准的练习，也别有一番乐趣。

一之濑似乎一直盯着中间高分的靶心区，但扔了好几次都扎到了别的地方。

不过，她扔到的地方全都在"三倍环"区域内，这里的得分会变成原先的三倍，使得她的分数一路水涨船高。

我在眨眼间被她反超，再这样下去就要大比分落败了。

我动起真格想要超过她,结果心急之下扔出的飞镖偏到了右边。我扔出的飞镖像是被吸过去一般,无一例外都扎到了低分区。而一之濑那种扔法带来的"新手运"却全无停歇的迹象。

最终游戏结束时我还是没能赶超,大败于她。一场平平无奇的比赛,却让我输得彻底,懊悔得要命。而另一边,一之濑倒是兴奋地举起双手欢呼:"好耶!"

她似乎极为开心,情绪比平时都要高涨,或许这才是真正的她。看到她这副开心的模样,我突然觉得胜负什么的也无所谓了。

结果她渐渐开始嘚瑟起来,一会儿说"我说不定有扔飞镖的天赋呢",一会儿又说"你扔的时候有认真瞄准吗?"云云。

我忍不住回了一句:"你别得意忘形啊。"

没想到和别人比赛时输掉会这么令人懊恼。

"反正我马上就要死了,还不如趁现在好好得意一下!"

一之濑竖起两根手指比了个"耶",露出了志得意满的笑容。我也没了复仇的精力,直接走向了三层的棒球击球场。

尽管对于击球没什么信心,但我想一解输了飞镖游戏带来的郁闷。我还邀请了一之濑一起玩,但她好像很怕飞来的棒球,表示要站在后面旁观。

我感受到她的视线落在我的背上,我不想在比自己年纪还小的女孩面前丢丑。一种奇异的压力漫上心头,我比平时更紧地握住了球棒。

我挥棒打向飞来的棒球。因为许久没玩过了,起先我还有些忐忑,但总的来说少有挥空的情况,球棒能打中棒球令我放下了心。可打中是打中了，却打不远，还是没能在她面前展现出帅气的一面。

"你真的不玩吗？"

"那么快的球，我打不中的……啊，那个我应该可以。"一之濑指了指旁边的九宫格棒球投靶。

这是一种扔棒球击中标有一到九号靶盘的游戏，确实像是一之濑也能玩的。我把一百日元硬币递给她，这次轮到我旁观了。

然而一之濑的小手扔出的棒球，还没碰到靶盘便掉落在地。她扔了好几次，球都滚落在了靶盘前。每当这时，她都会难为情地看向我。接收到她的求助，我在游戏半途接替她开始扔球，最终成功扔穿了一列靶盘，多少挽回了一些击球中落下的污名。

之后我们又找了一些一之濑能玩的游戏，像是桌上冰球、赛车游戏等，这种双人玩的对战游戏让她感觉很新鲜。看着一之濑单纯享受游戏的样子，我也不知不觉沉浸其中。虽然我几乎就没赢过。

玩了一会儿，我们不想再进行对战游戏，于是走向了推钱机所在的楼层。

我们坐到推钱机的座位上。这里的推钱机就是随处可见的那种，左右各有一个投币口，投入游戏币，运气好的话，机子内的游戏币就会掉下来。

掉落的游戏币堆在中间的出币口，从那里捡起游戏币再投入机子，然后又会有游戏币掉下来，我们一声不吭地重复这一操作。其间，一之濑好几次在想拿游戏币的时候错抓住我的手，每当这时，她都会缩回手不好意思地笑笑。手里的游戏币越来越少，我们两个开始不停念叨着"快掉啊"，向上天祈祷。时间就这样慢慢流逝。

最后剩下的几枚游戏币比我们想得还要坚挺，等我们把游戏币花光已是傍晚，所以我们决定就此打道回府。

往车站走的路上，我注意到一之濑在看什么东西，随后发现是可丽饼店。波普风格的招牌上写了各式各样的菜单。

玩了这么久什么都没吃，胃里已空空如也，我们自然被吸引进了店里。然而我几乎没吃过可丽饼这类食物，不知道该点什么，正想让一之濑推荐一二，却反被她问道："你有推荐的吗？"

我们两个还在纠结，这时进来了几个打扮鲜亮的女生，一之濑随即躲到我身后。

她们很快有了决定，草莓味、蓝莓味、焦糖味的可丽饼，外加珍珠奶茶等，她们各自点了自己爱吃的。

思来想去，我们最终点了普通的巧克力鲜奶油可丽饼。相比刚才的女生们，这样的口味倒像是我俩这种不习惯甜品的人会点的。

店门前，一些女生和小情侣在说说笑笑，一之濑依旧躲在我身后。我也觉得待在这里不太自在，我们两个便边走边吃了起来。

"你觉得哪个最好玩？"

我问一之濑。可丽饼将她的脸蛋撑得鼓鼓的。

"嗯……每个都挺好玩的。"

"毕竟你几乎是大获全胜嘛。"

一之濑得意扬扬地看着我："是你太菜了。"

"我一定会报仇的，你给我记住了。"

"那是不可能的，因为我要死了。"

少女的嘴上沾着奶油，今天也和平时一样一心寻死。

"在我赢之前,我是不会让你死的。"

我顺便告诉了她嘴上有奶油,一之濑一边擦嘴一边赌气说:"你别用这种理由来妨碍我。"

"那该用什么理由?"

"什么理由都令人讨厌。"

一之濑扬起了恶作剧般的笑容,嘴上的奶油都没擦干净。

这模样分明就是个普通女孩啊……我不无遗憾地心想。

"回去路上注意安全啊。"

"我就不注意安全。"

将吃完的可丽饼包装纸扔进垃圾箱,我们当天就此别过。

我感觉今天的她比以往都要活泼,笑容也更多。要是哪天她能就这样不再想着死亡,仅留下天真烂漫的笑容,那该多好啊。

和她分别后,我去了一趟附近的书店才回家。我买了一本休闲娱乐的相关指南,下次要带她去哪里?她又会喜欢什么地方呢?

我思考着下次和她碰面后的出游计划,一直看到了深夜。

4

"我今天明明选了不同的车站……"一之濑垂头丧气地被我抓着胳膊。

"我说你别再往电车上撞了,差不多得了。"我抓着她的胳膊教训道。

"那我该怎么自杀？"

一心寻死的少女，今天仍是不见反省的样子。

"我想想，你可以等个八十年左右安详地死去。"

"这可不叫自杀啊。"

舍弃寿命后的第二个六月一日，星期一，晴。

这一天，一之濑进行了第十八次自杀。

她挑了个和之前不同的车站，打算往电车上撞，不过还是一如既往地被我截了和。

"你要是撞电车，可就白瞎了这张可爱的脸蛋。"

一之濑慌忙否定："我才不可爱。"

看到她的反应，我建议道："你别继续这样了，试着努力当个偶像怎么样？"

结果自然是惹毛了她："请不要拿我寻开心。"

"今天我们去远一点的地方吧？"

工作日的早晨、车站站台，以及被我抓住的一之濑，简直是个出远门的绝佳机会。多亏我看了那本休闲娱乐指南，目的地很快就想好了。

"我可没钱啊。"

"今天我也全包了。"

"你干吗要为了一个将死之人付出这么多？"

"都是将死之人了，用不着在意了吧？"

我们还是老样子，斗了几句嘴，之后坐上了前往东京站的电车。

第二章　宛如肥皂泡泡

正值上班高峰，电车里挤得要命，人与人之间几乎没有缝隙。扶手全被上班族占据，我费了好大的力气保持平衡。电车一晃，一之濑就会抓住我的胳膊。在一众上班族中间，她的细胳膊细腿看起来不免令人担心。

每次到站停车，我们都会被往里挤。一之濑被挤得和我紧贴在一起，我随即闻到一股香甜的洗发水气味，毫无疑问来自她的头发。假如是身旁硬朗的上班族身上散发出来的，那可就太吓人了。

到东京站的时候，我们两个都跟刚爬完山回来一样精疲力竭。

我们一下车就立马坐到了长椅上。我在自动贩卖机上买了一罐饮料递给一之濑，她果断接过喝了起来。要放在平时，她肯定会说什么"反正都要死了，我不喝"，一口拒绝。能这样乖乖喝掉，看来是真的累了。

下一趟电车我想舒服地坐着，于是拿起手机搜索怎么买能选座的票。只听一之濑问道："今天要去哪里啊？"

我故意使坏说："保密。"

我在售票机上买了选好座的票，换乘了常磐线。

我们坐的这趟车的座位像新干线那样面朝前方排列，车上没有其他乘客。我让一之濑坐在靠窗的位置，自己坐在靠走道的一侧。

我放倒了座椅想小睡一会儿，但怎么也睡不着。旁边的一之濑一直在眺望窗外的风景，她的面庞倒映在车窗玻璃上，看起来比平时更显小了。

"你没睡吗？"

一之濑注意到了我的视线。她似乎误以为我在看风景，问我要不要换座位。

"睡不着而已,而且坐起来的话我会晕车。"

"你很容易晕车吗?"

"是啊,属于从小到大的烦恼了。"

从懂事起我就不适应多种交通工具,坐上去不一会儿就要难受,尤其受不了新干线、旅游大巴这种座椅朝前的车辆。

"真想不到啊,我还以为你没有烦恼呢。"

看着一之濑微微吃惊的模样,我不服气地反驳:

"怎么可能没有啊?

"像修学旅行的大巴之类的车,更折磨人,我唯一的印象就是自己晕了一路。"

"啊,我们学校也有这种晕大巴的学生。"

"我都没能好好旅个游,却依然被要求写作文,没办法,只能详细描述了一番晕车的感受交了上去。"我苦笑着说完,结果回想起来又是一阵想吐的感觉。

一之濑还笑着揭我的伤疤:"我有点想看看那篇作文。"

我告诉她:"那种'黑历史'我早就扔了。"

"唉,我还想看呢。"她叹了口气。

我扔的不仅是作文,离开原生家庭的时候,我几乎把不是生活必需品的东西全扔了,现在的房子里放的也只有最基础的生活用品。等我死了,"相叶纯"其人活过的痕迹,大概就只能在同学的毕业相册里找到了吧。

"你什么时候不舒服了,不用硬忍着,尽管告诉我。我可以趁着那时候自杀……"

"你可千万别啊。"

我们聊了一会儿,窗外的景色蓦地一变,大海映入了眼帘。

一之濑的反应就像个小孩子:"相叶先生,是大海!大海!"

十几分钟后,我们在目的地车站下车。

我指了指贴在墙上的海报:"我们今天要去这里。"

"水族馆吗?"

海报上印有海豚等海洋生物的照片,宣传的是坐落在茨城县[①]的人气水族馆,在休闲娱乐指南里也有介绍。

"你不是说过喜欢鱼吗?我感觉你应该会想去水族馆。"

对于一之濑而言,热带鱼店八成就相当于一个小型水族馆。所以我在看休闲娱乐指南的时候就想,要是带她去了真正的水族馆,她应该会开心的。

我们从车站坐上公交,朝着水族馆前进。一路上,一之濑都晃悠着两条腿,不住地望着窗外无边无际的大海。

这座水族馆修建在能将太平洋尽收眼底的海岸线上,规模看起来比照片上的还要庞大,入口附近的海豚雕像前还有游客在拍照。

"相叶先生,我们快过去吧!"

一下公交,一之濑便眼睛亮晶晶地朝我招手,嘴里催促着"快点快点"。以往,她总是躲到我身后,像现在这样主动走在前面的情况倒是少见。我很快就意识到,带她来水族馆是个正确的决定。

[①] 位于日本关东地区的东北部,毗邻太平洋。可从东京乘坐常磐线电车到达。——译者注

水族馆里有带着小孩的父母和一对对年轻情侣，不过所幸是工作日，馆内人不是很多。我们在买票的同时还买了一本集印册。我们决定一边打卡印章，一边在水族馆里逛逛。

最开始的区域里汇集了生活在水族馆附近海域的鱼类。巨大的水族箱填满了整个视野，里面是一片蔚蓝的海洋世界。沙丁鱼群、鲨鱼、鳐鱼、海龟等，形形色色的海洋生物在水里遨游。

一之濑两手按在水族箱上，炽热的目光追逐着游动的鱼类。看到她这样的背影，想必没人会猜到她一心想要寻死吧。

"相叶先生，相叶先生！你看那里，小鱼都趴在了龟壳上！"

正如她所言，从我眼前游过的海龟龟壳上紧紧贴着小鱼。旁边的一对母子貌似也看到了，说着"海龟的背上有小鱼呢"云云。

"真漂亮啊……"一之濑抬起头喃喃道。

这次她似乎是在看上面的一大群沙丁鱼，估计有几百……不对，几千条吧。灯光从顶部打下来，照得沙丁鱼群散发出银色的光辉，如梦似幻。

"看到这些鱼群，我想起了小学的联欢会。"一之濑抬着头开口。

"联欢会？"我问道。

"我们在联欢会上演过一场戏，主角就是鱼。好像是……一群小鱼即将被一条大鱼吃掉，但那群小鱼聚集起来，扮成了一条比大鱼还要大的鱼，把它赶跑了。大概是这么一个故事。"

我记得小时候在绘本上看到过类似的故事。

"确实有这种绘本，你演了什么角色？"

"是小鱼中的一条，台词很少的路人甲。"

"就算是路人甲,你那么可爱,一定很惹眼。"

"奉承话就免了。"

看着那一大群沙丁鱼,我突然想到——沙丁鱼数量如此之多,会不会有受到排挤的鱼?倘若它们之间没有嫉妒,没有霸凌,那对于我和一之濑来说,当沙丁鱼或许比当人要幸福。

水族箱前刚好有女饲养员在给小孩子们答疑解惑,但我到底没能将"会有沙丁鱼被排挤吗?"这个问题问出口。

我们在巨大的水族箱旁边盖了章,继续走向下一区域。根据导览图来看,接下来的区域貌似是以深海生物为主。

昏暗的走廊里展示着各种奇形怪状的深海鱼,很多深海鱼的反应都很迟钝,一之濑和其他游客全都新奇地看着它们。那里还展示了一条皇带鱼的标本,不时能听到周围传来"好长""还有这种鱼啊"的议论声。

一之濑凑到昏暗的水族箱前,冷不丁跳起来"呀"地小声惊呼,似乎是被大王具足虫吓到了。她本来就怕虫子,估计看见这东西就像看到了巨型西瓜虫一样。一之濑难为情地跑开了,我追在她身后。

这里还有水母,它们飘飘然地在水中游来游去。也有令人惊奇的发光水母在水中一闪一闪的,甚至让人怀疑是不是加了灯泡的人造产物。

"好想养一只……"一之濑看着水母嘟囔。

我听说养水母很费劲,特别容易养死。我刚要告诉她水母不好养,又听她自言自语:

"但我马上就要死了,养不了啊……"

你别比水母先死啊!

在深海区逛了一圈后,我们朝着大型鱼类的展区走去。一之濑在水族馆里一路带头往前走,连裙子都比平时摆动得更欢快。

一条大鲨鱼悠然自得地游来游去,从它的轮廓来看,怎么都不会是其他生物,但不知是种类如此,还是因为人工饲养,这条鲨鱼看起来圆滚滚的。

"这水族箱要是碎了就麻烦了。"

我说出了每个人都可能会有的担忧,一之濑随之笑道:"我可不想被鲨鱼吃掉。"

既然不想被鲨鱼吃掉,那拜托也别跳桥或者撞电车了吧。

附近的水族箱里还有翻车鱼,一之濑津津有味地看个不停。翻车鱼向来让人感觉很可爱,可仔细看的话,它的脸却有些令人发毛。上次一之濑提到了六角恐龙,我猜想她可能就喜欢这种看不出来在想什么的生物。后面来的游客都走向下个水族箱了,她还不肯将目光从翻车鱼身上挪开。

等盖完第三枚印章,已经过了中午,我们暂且回到了入口附近的美食广场吃午餐。

菜单上有好多海鲜料理,像是海鲜盖饭、寿司等。我点了铺有红肉和腩肉的金枪鱼盖饭,外加一份螃蟹汤,一之濑点的则是码着竹荚鱼和鱼白的前滨盖饭以及做成章鱼形状的章鱼烧。

室内还有空位,但我们最终选择了游客较少的露台。露台上伴随着阵阵海浪声,可以一览太平洋的美景。海风吹乱了一之濑的头发,她好几次抬手将其拢在耳后。由于旁边就是大海,这里的海鲜尤为新鲜，这次的海鲜盖饭和我平时吃过的截然不同，十分美味。

"我头一次吃到这么好吃的竹荚鱼。"一之濑惊喜地瞪圆了眼睛。

见状，我唬她："那是当然啦，毕竟展览了那么多鱼，立马就能给你杀一条。"

"这是展览的鱼啊……"听完我的谎话，她大吃一惊。

没可能的好吗……大概。

饭后坐着休息了一会儿，我突然发现一之濑的目光定在了旁边的一家三口身上。那是一对父母带着一个小女孩在吃饭，一之濑似乎在看小女孩手里拿着的海豚玩偶。

见她一直在看，我半开玩笑地说："想要玩偶的话我买给你。"

"我就看看罢了，那个很像我小时候十分珍惜的一个玩偶。"她笑了笑，似是在说"我并不是想要"。

"你也会把玩偶当成宝啊？"

"因为是我爸爸买给我的。"她看着海豚玩偶说道，"上幼儿园的时候，我们一家三口也去过水族馆。回来的时候，爸爸给我买了一个海豚玩偶，就像那个女孩手里的一样。我成天随身带着，长大之后也摆在房间里。"

她说着，像是回忆起了当时收到玩偶的情景。

"那个玩偶，是不是也被你的继父扔了？"

听到我的询问，她缓缓点了点头："继父以我不上学为由把它扔了。不只是玩偶，还有我房间里的所有东西，他全扔了。我当然提出了抗议，可他根本不听，执意表示'不去上学，就把你的东西全扔了'。"

她垂着头自嘲般说道，我哑口无言。

女孩的笑声传来，让一之濑再次看向了他们那边。

父亲夸张的反应逗得女孩哈哈大笑，母亲则微笑地看着父女俩。所谓的幸福模样的家庭，或许就是指他们那样的吧。

一之濑怔怔地望着他们，我仿佛从她身上看到了从前的自己。

我刚出生不久便被遗弃，所以幼年一直是在儿童福利院里度过的。作为一个被遗弃的孩子，我不知道自己父母的长相，每次到同学家里玩，看到别人一家和和美美，我就会羡慕不已。

我求之不得的奢望，本是无条件就能拥有的东西，见到他们能唾手可得，还觉得天经地义的模样，我心生妒意。

我无法原谅这样的现实。

我仿佛是中了诅咒，光是看到陌生家庭幸福的模样就会嫉妒，饱受自卑感的折磨。

一之濑应该也是如此，眼前的一家三口和她的家庭有着天壤之别。哪怕放弃了轻生，诅咒也不会消失。要是我这时能说两句贴心的话，缓解这份诅咒……

我思考着该说什么，但完全没有头绪，一之濑倒是先开了口："都这个时间了啊，接下来我们去看企鹅吧。"

一之濑端着用完的餐具站起身。我最终也没能想到该怎么安慰她，只能跟在看着导览图往前走的一之濑身后。

企鹅的前方围满了游客，它们摇摇晃晃地走在陆地上的样子看起来十分治愈。一之濑也欣喜地叫着"好可爱啊"。

下了台阶就能看到水族箱内的情形，可以欣赏企鹅在水中轻盈的身姿，它们如同在水里飞翔一般。

我们又转到旁边看了水獭和海豹，在允许触摸的区域摸了海星，最后在集满印章的同时也将水族馆逛了一圈。

"你还有其他想看的吗？"

"我想看海豚和海狮秀，去吗？"

正好到了表演开始的时间，我们急匆匆地赶往会场。现场已是大排长龙，万幸，我们总算在后排找到了座位。

场内音乐响起，表演要开始了。主角海豚登场，它时而旋转跃出水面，时而背着训练员游动，展示了各式绝活。

海豚跳跃的力道过大时，还会溅起朵朵水花，前方不时传来"呀！呀！"的欢呼尖叫声。跃身而起的海豚会去顶放在高处的球，海狮则会灵活地用脸接球。每当它们施展才艺时，场内都会响起热烈的掌声。

"哇，好厉害！"

一之濑在我身边兴致勃勃地鼓掌，平日里难得一见的笑容吸引了我的注意，我不由得忘记了场上的表演，将目光放在了她身上。

最后，海豚和海狮以一个亲吻结束了表演，掌声响彻了整个会场。

回去时我们拿到了一个画着海豚插图的大徽章，算是完成集印册的纪念品。我把它送给了一之濑，这种大小的徽章应该不会被她父亲发现。

出了水族馆，我们决定在车来之前沿着海岸线散散步。

"那群沙丁鱼到底有多少条啊？"

"翻车鱼好可爱。"

"发光水母真漂亮。"

"海豚和海狮太厉害了……"

走在海岸线上的一之濑颇为兴奋地说着种种感想,连带着我的心情也莫名愉悦起来。

"其实好久之前我就想看海豚秀了。"

"以前来的时候没有看吗?"

"那次没能看到最后。当时为了近距离观看,我们坐得很靠前,可我那会儿年龄还小,被溅到脸上的水花吓到了……"

一之濑面上很不好意思,但说起这段回忆却觉得很有趣。

"我大哭起来,为了不影响周围的观众,我们在表演中途离了场。然后爸爸给我买了一个海豚玩偶,安抚没能看完表演的我。从那以后,我就一直想着哪天要去再看一次。"

如果我没有阻挠她,这个"哪天"就永远不会到来。我不禁心想,既然有想去的地方,一开始就可以直说啊。

"是吗?那我们大老远跑过来也值了。"

我这么说完,一之濑露出了灿烂的笑容:"相叶先生,今天真的很感谢你。"

带着幸福笑容的她,看起来比至今为止任何一次都更加耀眼。一之濑露着洁白的牙齿,天真无邪地笑着,完全就是这个年纪该有的样子。这一瞬间,我在心里忘掉了她一心寻死的事实,然而下一秒她就回过了头。

这样的笑容转瞬即逝,我甚至感到了遗憾。

"你觉得开心就好。"我悄悄在她身后扬起了嘴角。

回程时我依旧买了选好座的票，一路坐着回去。我一上来就将座椅放倒躺下了，一之濑则又看起了已经变得皱巴巴的水族馆的导览图和集印册，还拿着海豚徽章来回端详。

　　我盯着欣赏战利品的她看了片刻，不知不觉睡了过去。她貌似也累了，当我醒来时发现身旁的她也睡着了。

　　一之濑闭着眼睛，睫毛投下一片阴影。她的睡颜姣好，一副毫无防备的样子。尽管任何生物睡着时都没有防备，但她平时总是很在意周遭的目光，如此形成的反差让我觉得颇为新奇，好似能看到天荒地老。

　　害怕吵醒酣睡的她，我小心翼翼地将她的开衫盖到了她身上。

"回去路上注意安全啊。"
"我会注意安全的，仅限今天。"
"别仅限今天，每天都要注意！"

　　在附近的车站告了别，我目送着一之濑的背影，随后朝公寓的方向走去。

　　我在公寓的电梯上碰到了住在其他楼层的一家人，父亲提着大购物袋，母亲牵着笑眯眯的女儿。平时看到这种幸福的家庭，我总会泛起阴暗之情，然而今天直到这家人下了电梯，我都没有这种感觉。

"相叶先生，今天真的很感谢你。"

　　看到小女孩的笑容，我回想起一之濑在今天参观结束后露出的笑脸。

　　我还以为不会有第二个人向我道谢了。

我一直觉得自己的人生毫无意义，但现在看来，也许还是有那么一点意义的。

5

舍弃寿命后的第二个六月二十五日，星期四，晴。

这一天，一之濑进行了第十九次自杀。

距离上一次，已经超过了三周。这还是她头一次这么长时间没有采取行动。放到稍早前的日子，我肯定会产生"她的自杀频率降低了"这样积极的想法。

然而，我没法真正感到开心。

老实说，这带给我更多的是打击。从水族馆回来的路上，她露出了天真无邪的笑容，她是那样高兴，如今却又一次选择了死亡。

以往我也并非毫无所感，但这次比平时更加气馁。我明明感觉自己最近和一之濑已经相处融洽，但她还是没有向我求助，这很让我气恼，气恼自己无能为力。

而且我的身体也越来越疲惫，最近一周，我几乎没有睡觉，因为我总在不停地查找新闻和网上的帖子。我一面期待着她安然无恙，一面又忍不住怀疑她是否真的有可能三周都不行动。

我平时会隔三个小时就查找一次网络新闻和铁路信息，之所以这么频繁，是因为我必须尽早得知她的消息并倒转时间。

我要赶在她死亡后的二十四小时内倒转时间，不然就会无力回天；我还需要考虑到先一步到达现场的时间、收集现场情报的时间等。做好准备再倒转时间，也能减少后续监视一之濑的时间。

所以在遇到一之濑后，我的生活节奏发生了翻天覆地的变化。

坦白说，这样的生活特别累人。哪怕仔细确认过一遍，我还是会疑神疑鬼地害怕自己看漏了，导致一直查个没完。由于要三个小时醒来一次，我根本无法睡个好觉。

况且我再怎么注意，万一报道延误，或者干脆没有报道，那便直接完蛋。如果一之濑在自己家里自杀，会被报道出来吗？恐怕不会吧，之前都只是奇迹般地被我撞上了。

我可能会在毫无察觉的情况下，错过一之濑人生结束的那一天。

正因如此，这次的间隔时间才让我提心吊胆。

从水族馆回来后过了两周，还没有见到相关报道，种种不安席卷了我的心头：会不会是我看漏了？会不会她已经死亡了，只是没登上新闻？

不知从什么时候起，我开始每隔两个小时就搜索一次。更准确地说，是我完全睡不着。即便躺在床上，我也忍不住想：会不会几分钟后就出现报道？我没忘定闹钟吧？手机也是时刻不离手。虽然有时迷迷糊糊、无意识地睡过去，但在梦里依然查个不停，根本扫除不了疲惫感。

这样的生活持续了一周多，终于出现了少女自杀的报道。

一个少女在车站站台上纵身跳向电车身亡。那里是一之濑惯常撞车的车站，所以即便报道中没说名字我也知道是她。

看到这则报道时，我意识到倒转时间还来得及，这才松了口气。

但我又对于她的行为感到十分气馁，至此已经是第十九次了，我非但没有习惯，反而对她的死亡产生了恐惧。

阻挠她，是为了给我自己开脱，消除罪恶感。我已经把能做的都做了，如果还不行，那我也没辙不是？反正就算阻止了她，我的人生也不会发生任何改变。罪恶感什么的，不管不就行了？

为了让自己不论在何时得知她的死讯都能坦然接受，我一直在劝自己——这只是我在临死前想要用来消磨时间的行为，并不是真心要阻挠她。所以即便没能拦下她，我也不会受到打击。

——本应如此的。

我倒转了时间，坐在了车站的长椅上。

一般我都会玩着手机等她，可今天没那个心情。我一直在思考要用什么表情和一之濑说话，要用什么态度和她相处。迄今为止的方式绝对不行，总有一天会到达极限。在此之前我必须找到对策。

我绞尽脑汁，但周围的嬉闹声化为噪声，搅乱了我的思绪。谁都没有想到接下来将有一个少女要撞向电车，这让我感觉自己一个人拼命思考的样子十分狼狈。

在这期间，电子站牌上显示出了她要撞的那辆电车的信息，可我却没看到一之濑的身影。

通常我都会假装成线索提供人之类的，在确认过她撞车的车站和位置后再倒转时间。然而这次因为身心俱疲，我没有调查她撞车的位置便倒转了时间。此前她总是在站台的最末端，故而我以为这次也一样。然而在这一辆电车驶出车站后，一之濑仍旧没有出现。

我从口袋里掏出手机看了看时间，平时她这会儿应该已经过来了。

难道她撞车的位置不在站台末端？我必须把她找出来。

我面色发白，焦急地从长椅上站起来，在站台上转了一圈，将乘客挨个看了一遍，以防和她擦肩而过。

尽管内心焦急，不过我还算沉稳，只是脚步快了点。然而，当我看到电子站牌上再次出现"电车即将通过，请注意安全"的文字时，还是加快了步伐。

周围的目光集中在我身上，但我依然没有停下跑动的脚步。

我无论如何都要在电车驶入站台前找到她。

就在我的焦急达到顶峰的刹那——

一之濑从我身边走过。

我立刻向后回头，来不及看她的脸便一把抓住了她的胳膊。

"我说你啊……净让我担心……"

我如同深深叹气一样把话说完，一之濑随即转过脸来。看到她的模样后，我张口结舌。

一之濑她……哭过。

此时的她双眼通红，脸颊濡湿，哆嗦着嘴唇挣开了我的手。见她一言不发就要离开，我再次抓住她的胳膊。

"没事吧？发生什么事了？"

"我没事。"她低下头藏着脸，声音颤抖地回答。

电车驶入站台时带起一阵风，吹得她闭上了眼睛，眼泪便顺势滑落。长长的黑发在身后飘扬，露出红透了的耳朵。

"……放开我。"

我慢慢放松了手上的力道，她一下子将胳膊从我的手中抽离。她咬着嘴唇，默默地迈开脚步。我不知应该跟她说什么好，只能追在她的身后，看着她的肩膀因为哭泣而上下抽动。

出了检票口，一之濑偶尔还向后回头，确认我跟了上来，可她依旧沉默不语。我索性和她隔了一小段距离，守着她，一直跟在她身后。

一之濑去的地方是一座挨着小区的公园。其实附近还有另一座公园，小孩子们有的在踢足球，有的在玩游乐设施，欢快的声音甚至传到了这边。

然而我们如今所在的公园里再无第三个人。

掉漆的滑梯和生锈的秋千，孤零零地摆放在杂草丛生的公园里。男女混用的公厕外墙早已变成灰扑扑一片，从门口就能看到小便斗。

我想，是不会有人特意来这座公园玩的。想必正因如此，一之濑才选择了这里。

一之濑走进了唯一的一个厕所隔间，我远远地等着她出来。然而过了半个小时，她还是没有动静。

为了确认她的安危，我走到了厕所前，随即听到了她的抽泣声。

看来还要过一段时间才会出来……我看着布满杂草的长椅心想。我背对着厕所，继续听着她的哭声。附近的公园传来了小孩子们的欢声笑语，不和谐的声音搅乱了我的心绪，我自顾自地捏烂了口袋里的游乐园门票。

在车站握住一之濑胳膊的时候，我看到了上面的瘀青，恐怕是和家人吵过架后还挨了打。

我真想站在公园的中央大吼：别再火上浇油了！

这段时间，一之濑的表情明显比以前开朗了，轻生的频率也降低了，她甚至三周都没有行动了。然而，本该与她站在同一战线的家人却害得她再次寻死。

不可饶恕。你们为什么要把她逼上绝境？如果你们能好好理解她、帮助她，她可能就会在自杀这件事上重新考虑了啊！

错的是欺负一之濑的那群人和不理解她的家人。我如是对自己说道。

然而，会造成眼下这种局面，我也脱不了干系。倘若我没有阻挠她，她就不会挨打，也不会躲在这种脏兮兮的厕所里哭泣了。

把她逼上绝境的，不正是我吗？

我看着公园角落里踱步的乌鸦，回想起了自己小时候。

上小学后不久，我在放学路上捡到了一只乌鸦幼鸟。看到趴在地上的小鸟，我以为它和父母走散了，与其放任它在车辆往来的路旁，还是带它回家更安全。我这样断定，于是把小鸟带回了家，放进家里的笼子里。

第二天，我把装有小鸟的笼子放到院子里之后便去了学校。我想着放在院子里，寻找小鸟的父母应该哪天就能发现它。可当我从学校回来时发现，笼子翻倒了，我到处都找不到小鸟。

说不定是它的父母发现了它，带着它一起回鸟巢了。当时的我看着翻倒的笼子猜想。

但如今，我不会再以为它是回到了父母身边。因为乌鸦有个习性，它们会丢弃无望长大的幼鸟。换言之，那只小鸟极有可能是被父母丢弃的，就像被丢掉的我一样。

　　再者，沾上人类气息的小鸟，想来是不会被父母带回巢穴的。从翻倒的笼子来看，大概是遭到了别的鸟袭击，或者被野猫发现，吃掉了吧。

　　然而当时的我却开心地坚信自己把小鸟送回了它的父母身边。明明救不救都是同一个下场，我却因为做了件没意义的事而欣喜不已。

　　现在阻挠一之濑轻生，和这件事如出一辙。

　　看到她有了笑容，我就自负地以为自己或多或少帮上了忙，这个想法简直荒谬，人家在关键时刻压根儿不会向我求助。

　　就算我一直阻挠她，结果可能依然不会改变。既然如此，这样不惜耗费精力阻挠她，有意义吗？我难道不是在利用她来满足自我，不断折磨她吗？

　　好可怕，不管是对一之濑见死不救，还是要对自己的选择负责，都好可怕。

　　她的结局如何，分明不会使我的人生发生任何改变啊。

　　之后我等了将近两个小时，才听到身后响起"咔嚓"的声音。

　　"……你还在啊。"一之濑移开了视线，像是不想让我看到她哭肿的眼睛。

　　"饿了吧？我们去吃点东西？"我故作平静，用平时的口吻问道。然而她用力地摇了摇头，轻声说："我今天回家。"

　　"是吗？"我也仅回复了短短的两个字，再说不出更多的话来。

　　在桥旁边和她分别后，我一个人走进了附近的家庭餐厅。我甚至连泡方便面的力气都没有了,我坐在角落里的双人位的沙发上,点了一份林氏盖饭。往常转眼就能吃光的盖饭,今天看着却出奇地多。

吃完休息了片刻,我喝了口水正打算回家,就在这时——

"好久不见。"

看到和我打招呼的人,我惊得直接呛到。

出现在我眼前的人,是死神。

浑身黑漆漆的衣服,看起来不健康的苍白肌肤,一头白发,除了手里拿着咖啡,她的外表和衣着都与我们第一次遇到时一模一样。

在我呛得咳嗽的时候,死神坐到了我面前的椅子上。

"没想到还能再次见到你啊。"

自从接过银表那天起,我就再没见过她,我们也没交换联系方式,我一直以为我们不会再碰面了,这才如此惊讶。当然,我仅仅是惊讶,并不是想见到她。

"我今天来是想给你一个忠告。"死神说着,啧啧地喝起了咖啡。

我猜想会是什么忠告。今天是我与死神交易后的第二个六月二十五日,也是剩下三年寿命的中间点。难不成她是特地来告诉我,我只剩下一年半的寿命了吗?

我正想着,她便否定道:"不是哦。"

别擅自窃听别人的内心啊!我在心里抗议。

死神看着我的眼睛说道:"再这样下去,你会后悔的。"

"后悔?什么意思?"

"你再这么和那个少女——一之濑月美牵扯不休,你一定会对舍弃寿命这件事感到后悔的。就是这个意思。"死神语气笃定,就像她看穿我想要寻死那时一样。

继续阻挠一之濑的话，我就会后悔舍弃寿命？

我不懂她在说什么。

然而，死神的表情和她开玩笑时截然不同。她是仅通过读人心就能预测未来吗？毕竟她可以读人心，可以送给别人倒转时间的银表，那她可以预知未来也不稀奇吧？

不，无论怎么样我都不懂，因为我绝对不可能对舍弃寿命感到后悔。

"盘子我帮您撤掉吧？"

在服务员回收用完的餐盘时，我和死神依然盯着对方。

服务员离开后，死神立刻像是故意般叹了口气，"看来你还是没有理解啊。"她一脸不耐烦地说道，"现在的你可是相当于已经死了啊，这样的你去阻挠别人寻死，你不觉得奇怪吗？这就仿佛在说活着比死了更好。你纠结到最后选择了死亡，如今是打算重选一次？"

"意思是我继续说服一之濑的话，我也会变得想要活下去，从而后悔？"

"没错。"死神点点头。

"不可能，"我嗤之以鼻，"尽管你说阻挠别人轻生很奇怪，可哪里怪了？既然你能读人心，那不用说也一定能明白，还有很多人和我一样，希望能至少在生命的最后帮别人一把再死。"

在拿到银表前我就一直想着"既然要死，我希望死得更有意义"。

我是有些向往漫画和电视剧等作品中正义的死法的，像是为了保护跑到马路上捡球即将被车轧到的小孩子而死；或者救出了被困火场的小孩子，自己却不幸遇难。

一说到自我牺牲，可能会显得装腔作势，但实际并非如此。

我觉得为了别人牺牲，相应地就能让自己产生价值。如我这般既不愿面对现实，又不肯磨炼自己的人，能轻松产生价值的方法只有——自我牺牲。

我不是想救人，只不过是想在最后给自己的人生贴层金再死而已。就像我一直在阻挠一之濑，其实都是一种自私的伪善。

我不知道有多少人抱有这种想法，不过应该有许多人都希望在临死的时候能够帮助到他人。那种死后捐赠器官的志愿登记服务，不正是因此才得以存在的吗？

"既然如此，相叶先生……"死神开口，"你为何要执着于一之濑月美呢？"她带着扬扬得意的表情继续说道，"一个一心寻死之人，没必要特地去救她吧？你可以不救一之濑月美，而去救那些意外身亡的人啊。那块银表能让你救一大堆人呢。"

"我只是想说有寻死念头的人想救别人一点都不奇怪，但我阻挠一之濑也不仅仅是这样。我是想驱散内心的阴霾，所以她是最适合的人选。"

"意思是你很同情一之濑月美啊。"她放下空的咖啡杯，向我问道，"那你为何会同情她？"

"因为……"我一时语塞。

"因为她和你很像，对不对？"死神像一个胜利者般志得意满地笑了起来，"尽管寻死的原因不同，但你们二人却十分相似。"

我确实数次在一之濑身上看到了曾经的自己，譬如总是独来独往、站在桥上望风景、在水族馆盯着带孩子的游客看。

可问题是那又如何？

"像又怎么样？你是觉得如果她放弃轻生，连我也会改变想法吗？"

我的人生轨道从一开始就是坏的，无论如何都没有修复的可能，所以我根本就不会想活下去。

"那谁知道呢？况且你也未必拯救得了一之濑月美。"

死神这种挑衅的语气，让我感到烦躁。

"就算我真的后悔了，和你也没关系啊！"

我这么说了一句后，死神蹙了下眉头喃喃自语："真没劲。"

"没劲？"

死神郁闷地用手指敲了敲桌子，说道："相叶先生，你知道我为什么用银表换取寿命吗？"

"这我哪知道？我又不像你会读心术。"

"那我告诉你原因。"

对于死神为什么要用银表换取寿命这件事，我一度很好奇，但至今也没有深究过。

"我从小……"死神不紧不慢地说道，"就特别喜欢杀死虫子。"

"啥？"

"别插嘴，听我说完。"

我已经猜到不会是什么正经原因，不过还是决定安静地听她说下去。

"我不会一下子将其杀死，而是先夺走那只虫子的优势。蝴蝶和蜻蜓的话,我就撕掉它们的翅膀,蚱蜢的话,我就拧掉它的腿。这样一来,它们的外表和动作都会变成别的生物。看到没有翅膀的蝴蝶,想必很少有人会意识到那是蝴蝶吧。我最喜欢观察它们变成那样还拼了命地要逃,直到动弹不得的样子。"

看吧,果然不正经。我心想。

死神的表情像是得到了新玩具的小孩子,还在说个不停:"重点是我需要不时地给它们点饲料什么的,帮助它们活下去,这样我才能尽可能延长观察时间。不过偶尔会帮过头,让它们逃走。"

"真是恶趣味。"我对死神说道。反正等她读了我的内心也会知道我的想法,我也没必要客气。

"就因为恶趣味,我才会把银表给你们这样的人类啊。"死神阴森森地笑着问我,"相叶先生,你觉得人类的优势是什么?"

"人类的优势?"

"我认为是交流,因为这是生活在人类社会中不可或缺的。你身为一个想寻死的人应该能明白,有寻死念头的人大多孤立于世。你之所以会觉得一之濑月美看起来活得很辛苦,正是因为她缺乏人类的这一优势。"

"也就是说,在你眼里我们就相当于没有翅膀的蝴蝶?"

"没错,"死神气定神闲地点点头,"我虽然能读人心,但读不了虫心啊。于是某天在观察濒死的虫子时,我不禁想到:这只虫子现在到底在想什么呢?这要是人类,我就能知道了啊。从那时起,我就开始观察想寻死的人。"

死神看着窗外继续说:"然而观察一个快死了的人一点意思也

没有，他们太缺乏求生欲了。我想观察的是像虫子那样挣扎到生命最后一刻的人类，可他们轻易就咽了气，没劲透了。"

"所以……"死神强调道，"我决定给他们点饲料，省得他们一下子就死了。"

"原来是这样。"

死神微笑道："没错，就是这样。

"我就是为了观察舍弃寿命的人后悔的模样，才会送出银表的。"

听完这话的下一秒，我脱口而出："这理由简直是瞎胡闹。"

"可是现在已经有好多人都在后悔中死去了。"死神开心地说道。

"还有其他舍弃寿命的人？"我问她。

她回复："是啊，因为我会读人心，只和愿意同我交换的人交涉。

"你似乎觉得，只有看得到终点，人才会涌现出活下去的意志，确实如此。人们一开始都是一样的，会暂时性变得积极向上，像是要在剩下的三年时间里制造出快乐的回忆啦，或者倒转时间完成某件事情啦，等等。在这期间，他们会意识到自己的本质。"

"本质？"

"没错，因为只要倒转了时间就不会经历失败。原本性格懦弱、容易退缩的人也不会再害怕失败，甚至有人势如破竹，无往不利。于是他们就会悔不当初地意识到：原来只需要一点点改变，就能活下去。"

我想，会有这种人也不稀奇。

"我不懂，既然你想看我后悔，根本没必要来给我忠告。"

"你的用法太无聊啦。"死神露出了一副打心眼里感到乏味的表情。

"用法哪有什么有意思没意思一说？"

"那就分人了。"死神开始给我上课，"听好了，大部分拿到衔尾蛇银表的人，起初都是赚钱，大玩特玩，但渐渐地就会厌倦。你到这里为止和他们一样，但一般不会有人去干扰一个寻死的少女，他们会开始找刺激。有的人仗着能倒转时间，会走上犯罪之路，将自己的攻击性暴露无遗；也有的人会假装自己能预知未来，以此来吸引眼球，满足自我表现欲。用法因人而异，不过大部分人倚仗银表的力量都是为了满足自身欲望，肆意妄为。"

"但是……"死神话锋一转，轻蔑地说，"你的用法不仅无聊，甚至在还没有被逼无奈的时候就想后悔。"

"我不认同，我也是在随心所欲地使用啊。"

"可这似乎让你感到疲惫不堪呢。"

我无言以对，但我自觉是为了自己才用银表阻挠一之濑的。不管死神说什么，我都是为了自己。

"麻烦你多为了自己的欲望使用那块表啊，你越依赖它，你临终的样子才会越滑稽啊。"

死神唠叨了一大堆，最后加了一句："拜托让我多看点乐子嘛。"

我可不是为了让她看乐子才舍弃寿命的，也不是为了后悔才阻挠一之濑的。

"我才不会陪你搞什么自由研究。"我拿起小票站起来，向死神放话，"我会一如既往地阻挠她自杀，而且绝不会后悔！"

我只剩下一年半好活，我要为了自己去做想做的事情。

不过，她刚才的那一番话让我意识到一点——她貌似不能预知未来。若是能预知，她肯定不会把银表交给用法无聊的人，说"你会后悔"云云，一切不过是她的猜测罢了。

以为光靠着读人心就能无所不知，那可大错特错。

"相叶先生。"

就在我要离开座位的那一刻，死神叫住了我。

"拿到衔尾蛇银表的人，无一例外都后悔了。"她坐在座位上，头也不回地说道，"你知道这是为什么吗？"

我答不上来。

"因为不后悔的人，我根本就不会给他啊。"死神扭过头，看着我的脸扬起嘴角，"这点读了人心，我就能知道。"

听到这话，我也回以微笑。

那太棒了——

这就让你遇到了第一个不会后悔的人。

6

舍弃寿命后的第二个七月一日，星期三，晴。

这一天，我的手机响了。

我在睡梦中被来电铃声吵醒，最开始还以为是闹铃。这部手机以前就三个用处：上网、设闹铃、看日历。这是它第一次发挥出了原本的功能。

我迷迷糊糊地接起电话，竟是一之濑打来的。不过知道我电话号码的也就只有她一个人。

我用刚睡醒的沙哑的声音问道："怎么了？"

"我想死。"她开门见山。

我问她现在在什么地方，但刚醒过来的脑子还是一团糨糊，也听不明白。最后，我们决定在往常那座桥上碰面。挂了电话后我想看下时间，然而视线模糊，压根儿看不清画面。我的意识与肉体分了家，我就这样走到了卫生间，狠狠地往脸上泼了把冷水。

我着急忙慌地换好衣服，赶向那座桥。才上午十点，我拖着刚起床的身体强行跑了起来。

到桥上时，一之濑已经来了。

"你居然会给我打电话……难道是要放弃……"

"不是的，我今天有个地方想去。"

一之濑不但给我打了电话，甚至主动提出有想去的地方。

这还是破天荒头一次，我怀疑自己还在做梦，伸手掐自己的脸，结果只换来一之濑冷漠的眼神。

"你干吗呢？"

一之濑朝我招招手，我问她要去哪里，她不肯告诉我，只回了一句"保密"。这和往常的情况完全颠了个个儿，我跟在她身后，心里冒出了问号。以防万一，我又一次掐了下自己的脸，得到的是一之濑又一个鄙夷的眼神。

"你今天……感觉好奇怪啊。"

怪的是你，好吧？

我回嘴："你以前一直声称没有想去的地方，怎么突然之间又说有了？"

"偶尔一次有什么不可以？"一之濑回答。

我觉得她只是在敷衍我，尽管我也并非要追究个所以然，但今天的她无疑和平时不同。

不过好在这次我们之间有了正常的对话，不像上次，几乎就没能说上几句话。现在的她看起来比哭泣的时候要开朗不少。

我们走了大概二十分钟，来到了一座当地的公办公园。

这座公园占地广阔，一天都逛不完，还有很多远道而来的游客。这里是当地唯一的景点，我小时候也来过好几次。

入口处需要买门票，一之濑打算把我的票钱也付了，被我拦了下来。可她捏着零钱不肯让步："今天由我来付。"

我到底不好让一个女生请客，和她争了好几分钟。最终我们决定猜拳，赢的人付钱，于是我这个赢家付了门票钱。

穿过入园大门，一条如河流般宽广的水路直直地延伸向视野的尽头。水路上每隔一段距离就会喷水，能听到阵阵水花声。两侧是两条笔直的林荫大道，我们走在路上，一路上还有带小孩的父母和上了年纪的夫妻在林荫道上散步。

进入七月，天气已经有些炎热，听着这里的水花声倒是觉得凉爽。风一吹，树叶沙沙作响，伴随着脚下树枝折断的咔嚓声，好似置身于森林之中。

"我很喜欢这种安静的地方。"

一之濑平时走路都会保持警惕，可今天却与以往不同。她看起来神色安逸，正目光柔和地眺望着风景。

我不由道："我有些懂你的心情。"

她的嘴角噙着笑意："那太好了。"

走出水路旁的林荫道，我们继续沿着道路前进，不一会儿就看到一片大湖。水面倒映出清晰的蓝天，上面漂浮着数艘天鹅船和手划船。

我在附近的小卖铺买了两瓶波子汽水，递给一之濑一瓶。尽管没什么特别的回忆可言，不过看到波子汽水，我还是冒出一股怀念感。

弹珠掉进瓶子里，泛起细小的泡沫。一之濑貌似不知道波子汽水的开法，折腾了半天。我帮她打开了汽水，她还轻轻拍手称赞。

碳酸气泡在嘴里炸开，一下子滋润了干渴的口腔。一之濑好像不习惯碳酸饮料的味道，盯着掉在瓶子里的弹珠小口小口地抿着。

喝完了汽水，一之濑隔着湖边的栏杆朝水面挥了挥手，栏杆下的湖水处聚集了无数条鲤鱼，八成是以为有吃的才聚过来的。

说起来，我记得买波子汽水的时候店里还卖鲤鱼饵。我回到小卖铺买了一包鲤鱼饵递给一之濑，她立刻双眼发光。

旁边就是游船小屋，我们决定坐着天鹅船喂鱼。

这里的天鹅船就是在景点等地方常见的那种，估计已经用了几十年了，刚坐上去便是"嘎吱"一声。船身上的涂漆掉得七零八落，船舵也生了锈。上船前我还在担心晕船，可眼下我更害怕这条船会不会沉了。

船速比预想中的还要慢，我们两个人一起踩踏板，还是没怎么前进。踏板比较重，看着一之濑纤细的双腿，我都怕给蹬断了。

"相叶先生，你看右边，我看左边。"

一之濑认真地找起鲤鱼，它们很快便从对面游了过来，以至于回过神来时，我们已经被鲤鱼包围了，数量多得数都数不清。连一之濑也生出些退意："有点吓人啊……"

抛下鱼饵后，鲤鱼们唰唰跃出水面，溅起水花。我心下焦急，唯恐船翻了。但一之濑不管不顾地沉迷于撒鱼饵，身子都探到了船外。我从后面抓着她的衣服防止她掉下去，可她本人似乎根本没注意到。

鱼饵撒完了，鲤鱼还是不肯离开，一之濑便和鲤鱼说起话来："抱歉啊，已经没有鱼饵了。"我忘不了她那日哭泣的模样，一直放心不下，如今看到她和平时没什么两样，这才略感安心。

下了天鹅船，我们继续在公园里闲逛，在美食广场吃了一顿有点迟的午餐。我们点的只是盛在一次性餐盒里的普通乌冬面，神奇的是，在这种地方吃起来竟然挺好吃。吃完乌冬面，一之濑还吃了冰激凌。

小卖铺里出售球、飞盘等各式各样的玩具。我不想做什么高难度的运动，于是买了泡泡水和野餐垫，带着一之濑走向公园中央的草地。

放眼望去，皆是绿油油的草坪。地上铺着数不尽的野餐垫，既有吃着自带便当的老夫妻，也有陪着孩子玩球的父亲，还有扔飞盘和狗玩闹的情侣，每个人看起来都乐在其中。

草地中央矗立着一棵树，似乎是这座公园的象征，不过这里离它还很远，看起来只是小小一棵。

我们朝着那棵树走去，来到了它的树荫下，铺好鲜艳的野餐垫坐了上去。垫子下面凹凸不平，一之濑却面不改色地跪坐在地。

她不会疼吗？

风一吹，树影间光斑晃动，带起一阵沙沙声。

树荫外传来欢笑声，我下意识地看过去，是一对小情侣在打羽毛球。女生打的球被风吹得直接飞过男生的头顶，男生根本打不过去。这都算不上是在打羽毛球，完全是别的游戏了，但两个人都笑得很开心。

看着看着，我突然觉得，树荫内外就像是两个世界。我仿佛变成了一个旁观者，从树荫下的世界里羡慕地望着外面的世界。

事实上，要不是一之濑在我旁边，那我应该就是一个格格不入的存在。

目之所及，独自来公园的人寥寥无几。即便有，也是在对着风景画速写，或者在垫子上午睡，看起来已然和周围融为一体。

如果是我自己一个人过来，我敢肯定自己是融不进去的。我不知具体要怎么形容，但我感觉自己和树荫外的人们截然不同。

这份差异令我变得形单影只。

只要这份差异不消失，我就不会有活下去的欲望。死神说我和一之濑待在一起会对舍弃寿命这件事后悔，简直是无稽之谈。退一万步说，假如一之濑放弃了轻生，那我们也不会一起来公园了啊。最终我也只是回到原来的生活罢了。

不管发生什么，我都不会对舍弃寿命一事感到后悔。

我正想着这些有的没的，一之濑蓦地蹦了起来。

"虫！有虫！"她拽着我的衣服指着野餐垫的一角。

一只小蚂蚁在爬来爬去。

"这有什么好吃惊的？"

我抓着蚂蚁放到树干上，一之濑仍然在垫子上检查个不停。

看她这样不放心，我从袋子里掏出泡泡水递给她，以此来分散她的注意力。

总共有两根绿色吸管，四个装有泡泡水的粉色瓶子。我们两个人分了分，各自吹起泡泡。无数的肥皂泡钻出吸管飘向空中，飞到了树荫外，很快便消失不见。

"你和吹泡泡一点都不搭啊。"站在树荫外吹泡泡的一之濑扑哧一笑。

"这点我自己心里也有数。"

反倒是吹泡泡的一之濑如画般美好，她看起来和一碰就碎的肥皂泡一样脆弱，二者特别契合。

我在树荫下定定地望着她这副模样。

"哎，我们来比赛吧？"我向走回树荫下的一之濑说道。

"比赛？"她歪着脑袋表示不解。

"谁把泡泡吹得更远谁获胜，输家要听赢家的话。"

一之濑思忖几秒后半眯着眼睛愤愤地说："你赢了的话，肯定会说让我放弃计划吧？"

"那可未必。"我这么说完，她不是很信任地"哼"了一声。

"好吧，我不会说让你放弃轻生的，这样行了吧？"

听到我的提议，一之濑带着将信将疑的表情答应了比赛。

站在相同的位置上吹一次，泡泡飞得远的人获胜——定下了详细规则后，一之濑率先吹泡泡。

她鼓着脸,想将泡泡用力吹走,不料吹出来了一个大泡泡,还没出树荫就碎掉了。见状,我确信自己稳操胜券。

我吹出的泡泡顺利飘了出去,快要飞出树荫边缘时还残留了好几个。我紧盯着肥皂泡,心想自己简直赢得游刃有余。

就在这时,两双小手"啪"地将泡泡弄碎了——刚才一直在大树周围跑来跑去的小男孩和小女孩伸手拍碎了泡泡。

这两个小孩子貌似还在上幼儿园,面容相似,应该是兄妹或者姐弟。

我面露难色,旁边的一之濑倒是在忍笑。

"刚才的不算,我再吹一次。"

我又吹了一次肥皂泡,依旧被两个小家伙弄碎了,他俩甚至蹦蹦跳跳地觉得很有趣。

"他们好像想让你多吹点。"一之濑微笑着说。

我拜托那两个孩子让一下,他们却不肯走。之后我再次跟小孩子商量,又不停地吹泡泡,但仍是全军覆没,我完全沦为了小孩子的陪玩,但我还在坚持吹着泡泡。这次,一之濑从旁边伸出指头戳破了泡泡,她穿上鞋子,径直走向了那两个小家伙。

"我们来比赛吧,看谁弄破的泡泡多。"

一之濑扶着膝盖柔声对两个小家伙说道,貌似打算陪他俩玩。看她有别于平时的开朗,我心里漏跳了一拍,随即听到她拍拍手催我吹泡泡:"相叶先生,快点、快点!"

我使劲吹了一口泡泡,只见小家伙们笑闹着追在泡泡后面。一之濑在一旁放水,作势要戳破泡泡,最终还是让给了两个孩子。

玩着肥皂泡的一之濑神情明媚，天真无邪。她笑得比任何人都要幸福，就像从水族馆回来时那样。这样的她有种魔力，能激起他人的怜爱之心。

她多数时候总是面无表情，轻易不肯露出笑容。我不禁觉得可惜，如果她没有轻生之举，而是做一个普通的女孩子，这样的表情分明是能时常看到的啊。

玩了一会儿后，正在找两个小孩子的父母看到了我们，道谢之后便把他俩领走了。临别时，小家伙们用力挥了挥手："下次再玩哦。"

一之濑也笑着挥手："下次见。"我便也轻轻挥了挥手。

"他们走了呢。"

趁着一之濑回头时，我朝她吹出了泡泡。

"哎呀！不用再吹啦！"

"让你说什么'比赛看谁弄破的泡泡多'，接招吧！"

"相叶先生！会沾到我头发上啦！"

一之濑笑着跑开了，我在她身后边吹边追，无数个亮晶晶的肥皂泡飘在她的四周。

"看我反击！"一之濑说着拿出了泡泡水。两个人兴奋地互相吹着泡泡。

我很想永远看着一之濑天真无邪地吹泡泡，但我和她都精疲力竭，很快便气喘吁吁地回到了树荫下面。

我一屁股瘫倒在垫子上，坐在旁边的一之濑也两手撑在身后，抬头看着树冠平复呼吸。

我仰躺着盯着树间晃晃悠悠洒落的阳光，心里升起一股不可思议的情绪。

如今我身在此处，就很不可思议。我原本打算好了在剩下的三年里要独自一人度过，这会儿却傻兮兮地闹了一通之后仰躺到了垫子上。我难以相信自己会和"普通人"一样融入这片草地，简直太不可思议了。

看着身旁的一之濑，我又想到了另一件不可思议的事情。

一之濑为什么非要死啊……

当然，我知道原因——和家人不睦，也没有朋友。我明白她已经走投无路。

我觉得不可思议的是，为什么她非如此不可呢？她只是一个普通的少女啊，什么坏事都没干过，只要她想，完全可以活下去。她活在这个世界上，是再自然不过的事情。

然而一之濑却选择了寻死，我则一直从中作梗。

导致她走上这条路的命运和世界，是最令我感到不可思议的。

这个世界上尽是不讲道理的事情，所以我才舍弃了寿命，想赶紧关掉这场垃圾游戏。可唯独对于她的这件事，我无论如何都无法认同。

"你真的不愿意放弃寻死吗？"我仰躺着问一之濑，"只要你放弃，我可以为你做任何事。如果你想报复那群欺负你的人，我可以帮你。我也可以每天给你买玩偶，直到你的继父不再扔你的东西。只要你愿意放弃，我真的什么都能为你做。"

我就这么将真心话说出了口。

这一刻，我切身感受到自己想要的，仅仅是她放弃轻生这个念头。

不是要抚平罪恶感,也不是要找借口开脱,我想到的单纯是让一之濑月美停止这一切。

但一之濑却回了我一句"对不起"。

"今天来这里,是想在最后对你说声谢谢。"

我反射性地坐起身子:"'最后'是什么意思?"

一之濑没有回头,一直看着远处的天空:"明天,我要跳桥。"

那一瞬间,她的侧脸看起来很满足,又像是看透了一切。她的表情平静、坚定,不见丝毫迷惘,全然不愿接受我的真心话。

"在死之前,我想至少要跟你道个谢。"

"不,你等等,为什么会变成这样?况且你也没道理向我道谢……"

我慌忙想劝下她,一之濑却微笑着说:"才没这回事呢。"

"我一直很害怕自己就这样孤立无援地独自死去。实际上如果没有你在,我想自己早就孤零零地死掉了。"她表情沉稳,声音冷静,继续说道,"被你拦下的时候,老实说我松了一口气。一想到原来也是有人担心我的,我就有一种得到救赎的感觉。虽然我总是说些卑微又和你唱反调的话……但我其实很高兴。"

一之濑又笑了笑,像是不想让人看到自己脸上的羞涩。

我会一路阻挠她,都是为了自我满足。被她道谢令我心情复杂,却也免不了开心。正因如此,我更加希望她能无恙。

我抓住一之濑的肩膀:"那你一直活下去不就好了吗?"

然而,她摇了摇头:"这半年来,只有和你在一起的时光让我感受到了被救赎,可这仅仅是暂时止痛。我对自己说再多次必须上学也没用,只要一看到学校,内心的不安便会将我击垮,让我想要逃离。我不敢回到学校,也没自信能和家人生活下去……活着也仅仅是继续烦恼罢了,我已经累了。所以,就这样吧。"

我轻轻松开了抓住她肩膀的手。

"只有相叶先生你站在我这一边,但我不想继续给你添麻烦了。你带我到处去玩,还帮我出钱。对不起啊。"

随后一之濑看向我,像那时一样扬起了灿烂的笑容。

"谢谢你为我担心。"

一阵风吹过,一之濑的发丝随之飘动。树叶的沙沙声、树荫外传来的说话声都变成了噪声。

这也许是最美的结束方式。

我还能为她做些什么吗?她不渴望解决霸凌问题,然而我对她家庭方面的问题也束手无策。这种情况下,除了阻挠她寻死,我别无他法。

至今我也只是奇迹般地成功拦下了她,可能时候到了就会迎来突然的离别。

一之濑在临终前会想些什么呢?毕竟我对她说了那么多次要阻挠她,万一这一次没来,她说不定会觉得遭到了背叛。

与其那样结束,或许还不如就在这里和一之濑互相道别,至少到最后一刻我都站在她身边支持她。

我已经尽了人事,一之濑依然选择如此。那这样结束至少能够满足我自己。她想了结自我,那我如她所愿就行。事情本该如此——

"开什么玩笑!"

我在说什么啊？！

"欸？"

我毫不留情地对不知所措的一之濑放话："听好了！我阻挠你不是为了救你，而是你死了的话我会有罪恶感，所以我才会阻挠你！我还为了你花了一堆钱，你一句'谢谢'就转头去死，那我亏大了啊！要死的话至少把迄今为止我花的钱和掉到河里的一百万还回来再去！"

我自己也觉得是在胡言乱语。

管他是利己主义还是别的什么理由，我都不需要。

我就是想阻挠她。

"我、我哪里还得起！是你在请客时说将死之人就不用客气了啊！而且那些信封里的钱……呀！"

一之濑奋力反驳，我粗鲁地揉了揉她的头。

"我一定会阻挠到底，直到你放弃为止。"

一之濑理了理乱糟糟的头发，表情一如既往地不满。

"……果然你不是我的同伴，而是敌人！"

"敌人就敌人。"

我斩钉截铁地说完，又吹起了泡泡。

泡泡不待飘出树荫，便"啪"的一声瞬间消失了。

"……一般来说，不会有人因为罪恶感就拿出一百万的。"

"和人命相比这都算便宜了吧。"

"我的命可一文不值。"

一之濑也鼓着腮帮子吹了下泡泡，她的肥皂泡同样没有飘出树荫便碎掉了。

"别说这种卑微的话,而且跳桥也并不意味着就能死得轻松。"

"……这我心里清楚,你别威胁我,没用的。"

"我这么说不是威胁你,而是不想让你受苦。"

我说完,一之濑小声嘟囔了一句"你真的好奇怪啊"之后,使劲吹出泡泡。

之后直到闭园的通知广播响起,我们之间再无对话。

"对了,我们的吹泡泡比赛没分出胜负啊。"

走出公园前,我突然想起来这件事。

"忘得一干二净啊。"一直默不作声的一之濑也开了口,"就当是我犯规输了吧,毕竟是我在旁边把你的泡泡戳破了。"

她这样爽快地认输让我感到意外,可随后她又仔细确认"听你的话可不包括自杀的部分哦",这倒是符合她的人设。

"那你陪我看这个吧。"

我指了指贴在入口大门处的海报,上面画着烟花。

"烟火大会?"

这座公园每年八月下旬都会举办烟火大会。从海报上看,今年的活动定在了八月二十二日。

"啊!你是打算让我到烟火大会前都不能自杀啊!"

我的意图秒速败露,我赶紧装无辜打哈哈道:"原来还能有这一手啊,我都没想到呢。"这是我从那篇描述"安乐死"的文章里想到的点子。给她设立活到烟火大会为止这样一个期限,她就有可能乖乖遵守约定。尽管这充其量只是在争取时间,但说不定能改变眼下束手无策的状态。

"总之你要遵守约定,不想待在家里的时候随时给我打电话啊。"

"打不打的再说吧……"

她想将话题糊弄过去,我一把将装有泡泡水的瓶子等东西的袋子塞给她。

"你不用顾虑,所以别说什么明天要去死之类的话,再坚持一下吧。"

"就到烟火大会为止哦。"一之濑无奈地说着,收下了袋子。

"回去路上注意安全啊。"

"真的就只到……烟火大会为止啊。"

分别前她又确认了一遍,照这样来看,她应该是会遵守约定的。

我还不能同意。

离烟火大会还有五十多天,我要利用这五十多天,想尽办法让她放弃轻生。

第三章

无法兑现的诺言

1

"喂？我是一之濑。我想死。"

舍弃寿命后的第二个七月七日，星期二，晴。

这一天，我的手机来电记录变为了两条。

我们和上次一样说好在那座桥上碰面，之后我从床上起身，离开了家。挂电话之前我反复叮嘱她千万不要轻生，一之濑也强调说今天不会的，可她赌气般的语气令人难以信服。

在去公园之后大约一周，她都没有异常。

虽说约好了直到烟火大会她都不会轻生，可她未必会遵守，保不准就会突然自寻短见。所以在收集情报一事上还是不能马虎，我每天依旧过着睡眠不足的日子。

我打着哈欠走到了桥上，先到一步的一之濑悠闲地吹着泡泡。我看她拿着的袋子很眼熟，应该是上次去公园玩剩下的。

"你刚才是在睡觉？"

一之濑的视线比平时抬得略高了一些，我在她的眼睛里看到了自己的倒影，头发睡得有些乱翘。我伸着懒腰说："我是早起困难户。"

一之濑一脸无语："已经下午两点了。"

我一边整理乱糟糟的头发一边思考今天要去哪里，突然意识到自己没带钱包。我心里懊悔，应该检查一遍再出门的，但为时已晚。

"我好像忘带钱包了，必须先回家一趟。"

无奈之下，我决定带着一之濑返回公寓。尽管觉得带她回去不太合适，但要是放她在外面等着，她趁机跑掉，那才是最让我头大的。

"哎，走了。"

"啊？我也去？"

"留你一个人待着……会有很多麻烦的。"

"……难不成你以为我会趁着你回家的时候自杀？"

我一言不发地迈开步伐，这时身后传来气呼呼的声音："你说话啊！"

回公寓的一路上，一之濑屡次问我："我真的也要去吗？"

"那有什么办法？"我回答完，她便愤愤地跟在后面。

"怎么了？进啊。"

我打开玄关的大门催她先进去，然而一之濑绞着手指不肯进门，看起来像是心存戒备，可又并非如此。

"我在这种时间出现，别人会不会觉得奇怪啊？"

她忧心忡忡的，看来是以为房子里还有我的家人在。我告诉她自己一个人住，她才松了一口气走进屋里。

我带她到客厅，暂时让她坐在了沙发上。双腿并拢端坐在沙发一端的她像是初到新环境的猫似的，异常乖巧。

"和我想象的……有点不一样。"一之濑来回张望着房间，自言自语道。

"不一样？那你想的是什么样子？"

"各种东西乱扔一气。"

"你把我家当垃圾站了啊。"

我的房子里只放了最基础的生活用品。也不是说会收拾房间，只是东西没有多到能让我乱扔。要是有那么多物件，估计早就如她所料了。

客厅里只摆着电视机和游戏机的电视柜、做工廉价的茶几、双人座沙发，仅此而已。

三个房间的其中一间用作卧室，剩下的两间甚至连灯都没装，厨房和卫生间的收纳柜也用不上。

租房之前我就觉得这里对于独居者来说宽敞过头了，如今这么空旷，毫无生活气息，甚至会让人觉得有些可怕。话虽如此，买了装饰房间的物品又不得不在死之前处理掉，所以我干脆不买多余的东西。

这样的空间宛如没有造景装饰的鱼缸，看着就无聊，可一之濑却新奇地在房间里四处打量个不停。

"这么大的房子，你一个人住吗？"

"我这儿还有空房间，你不想待在家里的时候可以随便用。"

"你是认真的吗？我每天都会过来哦。"

"可以啊。"

一之濑惊呆了，再三确认道："我真的会每天过来哦。"

我倒是巴不得她每天都来，与其继续当下的生活，这样做倒是更方便确认她的安危。

"我无所谓。"

"唔……你后悔了我可不管。"

"后悔是什么意思啊？"我问道，她却傲娇地不愿搭理我。

我在卫生间整理头发的时候，一之濑透过窗户眺望外面的风景。

"哇，好高啊。"我听到她天真的声音，结果下一秒就冒出了危险发言，"从这里跳下去说不定能死得很轻松呢。"

你千万别跳啊！

我手忙脚乱地拉住了想走到阳台上的一之濑。一会儿又被她看到堆积如山的便利店的空便当盒，她无语地表示："不好好吃饭的话身体会垮掉的。"

我可不想被一个寻死的少女这样评价。

等到她终于安静下来坐到沙发上，已经过了三点。我厉声警告旁边的一之濑就在这里乖乖坐好，她还颇为不乐意。

"你吃午饭了吗？"

见她摇摇头，我开始思考要去哪里吃饭。我偶然看了一眼手机屏幕，这才意识到今天是七夕节。

我记得附近应该每年都会举办七夕祭典。拿手机一查，立刻跳出了相关资讯。我打开名为"第七十一届七夕祭典"的官网，上面显示七夕祭典今年也如期举办。祭典上想必会有小吃摊，边走边吃或许也是个不错的选择。

一之濑似乎也很好奇，探着头看我的手机。她靠得太近了。

我确认了两遍自己带了钱包，这才走出家门。我们坐上电车，晃悠到七夕祭典举办地附近的车站。车里比平时人多，还有身穿日式浴衣的乘客。

从下车的车站开始便是一条笔直的商业街，七夕祭典就开在这里。马路两侧的商业街上，包括古着店在内的老牌商店鳞次栉比。这条路今天实行了交通管制，所有车辆禁止通行。

出了车站,我们很快被裹挟在人流中,走在了设有各式小吃摊的商业街上。有时人多到一之濑不得不抓着我的胳膊。

我们不停往前走,身边都是穿着日式浴衣的男男女女和提溜着水球的小孩子。突然,一股酱香味扑鼻而来,勾得肚子一下子饿了,我们便站在巨大的"日式炒面"招牌的摊位前排队。

炒面被装在透明塑料餐盒里,让我有种莫名的怀念感。

回想起来,我在小学时也和朋友一起到祭典上吃过炒面。当时,我们也没什么特别想要的奖品,却还是被氛围所感染,到处抽奖。玩到肚子空了,钱包也快空了,我们馋得要命,于是将所剩无几的零钱凑到一起买了一盒炒面分着吃了。

原来我也有这种回忆啊……我回想着往事啧啧称奇。

为了避开人流,我们绕到小吃摊的后面吃起了炒面。炒面上仅仅是零星撒了一些红姜,看着并没有花什么心思,入口倒是相当美味。我记得那天吃的炒面也很好吃。或许祭典上的炒面就是这么神奇吧。我一边想着一边看向一之濑,她居然吃得泪眼汪汪。

你舌头那么怕烫,就别逞强了吧。

"这么多人也不好回去,要是有感兴趣的摊子,你立马告诉我啊。"

"可我今天也没带钱哦。"

"都这会儿了,说什么呢?好不容易来一趟祭典,你别客气啊。"

说这话时我也没多想,觉得刚吃的炒面也不少了,后面她再来点刨冰之类爱吃的食物估计就能满足了。

没想到,一之濑每看到一个小吃摊就要扯一下我的袖子。

"相叶先生,我想吃烤鸡肉。"

她指着烤鸡肉串。上面的酱汁很香,我三下五除二便吃了个精光。

"这次我想吃那个。"

接着她又指向烤肠。烤肠上黄芥末酱挤得太多,把我呛到了。

"相叶先生,这里这里!"

她又指烤鱿鱼。好吃是好吃,但我已经吃不下了。

"吃了鱿鱼不能忘了章鱼!"

她又指章鱼烧。我实在塞不下了,于是只有一之濑自己吃了。

"差不多该吃甜食了。"

她指巧克力香蕉。想着是甜食,我也来了一份,结果我的肚子要撑爆了。

"盐和黄油貌似能随便加呢!"

她又指黄油土豆。刚开始因为太烫,她吃得很艰难,但最终还是全吃光了。

"你这……可真能吃啊……"

"我还能接着吃呢。"

一之濑左手棉花糖,右手苹果糖,看样子的确还能再战。

没想到她的胃口如此之大。

说起来,一之濑在家庭餐厅里吃完饭之后也经常继续看菜单。我一直以为她那么瘦,不可能再继续吃了,拿着菜单只是为了挡脸,不想听我劝解而已。看来是大错特错了。

她吃下去的东西都消化到哪里去了啊?简直不可思议。

等一之濑吃饱喝足了,我们一起挑战起了捞金鱼。起初我还兴致勃勃地打算比比谁捞的金鱼多，结果两个人皆一无所获。摊主大叔目光怜悯地说："你们挑两条喜欢的带走吧。"不过我们还是拒绝了。这种小摊上的金鱼虽说大多很快就会死亡，但也有能活好几年的。万一我先一步撒手人寰，那金鱼多可怜。

之后我们又玩了钓水球、椪糖游戏，尽管两个人依旧都战绩惨烈，但我也因此看到了好几次一之濑开心的侧脸。

"二位！方便过来一下吗？"

我们正享受着祭典，突然被一个身着法被①的中年男人叫住，法被上面写着"七夕祭典主办委员会"。

他不由分说地抓住我们的胳膊，拉着就走。我们被带到了一棵布满装饰的大竹子前，上面挂着色彩缤纷的纸笺，华丽得会让人误以为是圣诞树。有人趴在旁边的台子上在纸笺上写愿望。

"你们也把自己的愿望写在纸笺上吧。"

男人说着将纸笺和马克笔往我们怀里一递，我只好顺势接过，但我没有愿望可写。

一之濑同样是一副"无奈接了下来"的表情，看起来也不知道该写什么。周围的人陆陆续续写完了，只有我俩对着纸笺大眼瞪小眼。

蓦地，我想起了小学时的苦涩回忆。

小学一年级的时候，老师给我们布置了一项作业，也是要写七夕纸笺。我不记得当时要用纸笺做什么了，估计是刚开学，班主任对学生还不太熟悉，于是想以此来了解大家的梦想和愿望吧。

---

① 日本传统服饰，现代人多在祭典等活动上穿。——译者注

我看看周围，大家写的都是"想成为足球运动员""想要游戏机"之类的小学生式愿望。我也毫不犹豫写下了自己的愿望：

想见自己的父母。

我想见见自己的亲生父母。当时的我不知道自己是被父母抛弃了，认为他们只是被其他事情绊住了脚才不能来接我。我满心以为只要自己耐心等候，总有一天父母会来接我。

结果班主任看了我的纸笺后却反复问我："你没有其他愿望吗？"直白到连当时的我也立刻就明白了——老师想让我写其他愿望。

但我不懂为什么只有我需要重写，我觉得自己写的和其他人的一样，就是一个很普通的愿望。

甚至有同学写想成为当时电视里演的特摄英雄，我无法理解为什么自己的愿望不行，又不是什么不可能实现的愿望，而且我还有种感觉——若是自己擦掉了这个愿望，就再也见不到父母了。

要是写了其他愿望，我觉得父母会难过的，所以我一直拒绝重写，可最终还是近乎被强迫着改了愿望。最后，纸笺上留下了橡皮擦过的痕迹，我也丝毫不记得自己后来写了什么。

如今想来，正是这件事让我第一次意识到了自己和周围人的不同。

"相叶先生，我要是写上'我想死'，会不会被骂啊？"一之濑用旁人听不到的声音问道。

"如果那是你真正想实现的愿望，就写上。"

"……我开玩笑的，你竟然没像平时那样阻止我。"

看来我的回答不在她的意料之内，一之濑一脸无趣地动笔写起了愿望。这么一来就变成我一个人对着纸笺干瞪眼了，于是我也赶忙想了个愿望写上去——

希望一之濑月美能幸福。

再想几个小时，我估计也只能想到这个吧。一个生命只剩下一年半的人，也没什么愿望能写给自己。

一之濑看到我的纸笺后有些嫌弃。

"呃……相叶先生……"

"怎么？"

"我好羞耻啊。"

"那敢情好。"

反而是我看到一之濑的纸笺后大吃一惊，因为她的纸笺上写着：

希望考试顺利。

我不敢相信地拿过她的纸笺仔细看了看，确定不是我眼花了。

"你想继续考学吗？"

"除了想死，我能想到的只有这个而已。"

不过这和将死之人没什么关系就是了，她自嘲般说道。可她的样子并不像是仅仅挑了个说得过去的愿望敷衍了事。我一直盯着那行字看，似是弄得她很不好意思，一边说着"还给我"，一边从我的手里把纸笺抢走了。

我们将写好的纸笺递给穿着法被的男人，让他帮忙装饰在竹子上。

"我的愿望要如何才能实现呢？"我问道。

纸笺挂在竹子上，来回飘摇。

"我想是无论如何也实现不了的。"一之濑说得仿佛事不关己。

应付完纸笺，天色已经暗了下来。四处悬挂的灯笼将商业街照得一片通红，小孩子手里的玩具宝剑和荧光手环在其中闪闪发光。

回去时，我们两个一起吃了刨冰。我的是哈密瓜味的，一之濑则要了蓝色夏威夷味的。我好多年没吃过刨冰了，特别冰凉，和我记忆中小学时吃过的一模一样。

"蓝了没有？"一之濑吐着舌头让我看，依旧是那副天真无邪的少女神态。

坐在回程的电车上，一之濑突然"啊"了一声，好像是把泡泡水忘在我家了。她表示明天要过来拿，于是我当场定好了闹铃。

"回去路上别注意安全啊。"

"我就注意……你不要骗我啊！"

"谁让你非要上当。"

在车站前分别时，她挥着手对我说：

"明天见。"

第二天，一之濑来到了我家。

门铃比闹铃先响，我睡眼惺忪地打开大门。

听到她说还没吃早餐，我便把从便利店买来的夹馅面包和速食玉米浓汤递给她。我原本打算让她在客厅吃，自己再去睡个回笼觉。结果一之濑误以为是要一起吃早餐，也跟着我回到了卧室，我只好让她坐在床前的折叠桌旁吃饭。

我躺在床上看着她对着玉米浓汤呼呼吹气，不知不觉睡了过去，再次睁眼后发现一之濑在地板上缩成一团睡着了。

说不定她是趁着家里人还没起床溜出来的。我轻手轻脚地为她盖上被子，盯着她的睡脸看了好一会儿。

2

舍弃寿命后的第二个七月三十一日，星期六，雨。

自从一之濑开始往我家跑，至今已经过了三周。

除了刮台风、下暴雨，她几乎天天都会过来玩，这之后也没再自杀过，生活很稳定。

一之濑通常一大早就会上门，尽管我没跟她本人确认过，但她应该是在家人起床之前就出门了。我总是被她的门铃声吵醒，索性给了她一把备用钥匙。

一之濑来的时候都不吃早餐，我跟她说桌子上放的夹馅面包之类的东西可以随便吃，还买好了点心和冰激凌，电视和手机也随她用。性子别扭的她刚开始也不碰这些，大多时候都是抱着膝盖坐在房间的角落。

不过她似乎还是没能抵挡住诱惑,最近开始毫不客气地吃零食,也渐渐熟悉了手机的操作,经常捧着手机上网和看视频。我担心她会搜一些死亡方法,还翻了她的浏览记录,结果跳出来的净是有关六角恐龙的视频。

不好意思,怀疑你了。

除了这些,一之濑还会学习功课。虽然她不太想提这方面的事情,但我从只言片语中得知她似乎把学校发的卷子一张不落地做完了,交上去好像就能拿到学分。

老实说,她会主动学习这件事让我很惊讶。

毕竟按她的性格,我还以为她肯定会以"将死之人学了也没意义"之类的理由放弃学习。至少我就是这样的人。

我一站在她身后看她写作业,她就会难为情地用双手捂着卷子说:"我的字太丑了,你别看。"

尽管她感到羞耻,我却觉得她的字写得挺漂亮的,圆圆的,很可爱。

看她这样认真学习,我满心期待着她能将轻生一事从自己的未来中剔除,可她依旧没有放弃,昨天还鼓着腮帮子吃着冰激凌说"等烟火大会结束了,我一定要自杀了哦"之类的话。

上午她自己学习,下午我们经常会打打游戏、看看电影。和一之濑待在一起也大幅改善了我的生活习惯,不会再因为要不停地搜新闻而睡眠不足。

当初买沙发放在电视机前的时候也没想过会有客人来访,所以两个人并排坐在上面显得有点挤。不习惯打游戏的一之濑会跟着游戏人物动来动去，脑袋时常撞到我的肩膀。

她又是个不服输的人，有时还会故意拿头抵着我磨蹭，干扰我的操作。我微微生气地警告她别捣乱，她还饶有兴致地看着我腾不开手的样子，笑着乘胜追击："这是你一直妨碍我的回礼。"

一之濑会兴奋地大叫着给我捣乱，说不定她的性格比我想象的更调皮。每次看到她天真无邪嬉闹的样子，我都会在心里感慨：要是她放弃了轻生的打算该多好。但同时又不禁想：由我陪在她身边是否真的合适，她实际上是不是想和同龄的朋友一起玩呢？

进入暑假，大街上动不动就能看到三五结伴的中学生。我经常设想，如果一之濑没受到霸凌，正常去上学，也许也会像那样和朋友们出门玩吧。

我和她仿佛理所当然般每天都会见面，可我们这样的关系并不健全。那边才是她本该去的地方，而不是待在我身边。

我要想办法将一之濑送回那边的世界。

我每天都在思考要怎么做，必须在烟火大会前想出办法。

结果，和她待在一起，七月一晃就过完了。

3

舍弃寿命后的第二个八月十八日，星期二，晴。

一大早，我被喧闹的蝉鸣声吵醒。我试图重返梦乡，令人烦躁的暑气却搅得我无法入眠。我又不想起床，索性把整张脸埋在枕头里。

过了一会儿，我听到了一阵水声。

八成是一之濑在洗澡吧。

时间来到八月，酷暑天接连不断。一之濑照旧每天都来，最近她不是躺在沙发或者床上闲闲度日，就是玩游戏打发时间。

一之濑从家里走过来，每天早上都会冲澡。她貌似特别讨厌浑身汗津津的感觉，甚至还从家里拿来了换洗衣物。浴巾用的是我们两个上街的时候我给她买的，连牙刷之类的也备齐了。

在这一个月里，我家彻底变成了她的避难所。

我想尽可能地避免一之濑进出时被其他住户看到，万一引起人家的误会，那就不好了。

但自从开始来我家，一之濑脸上的表情就日渐明媚，自卑的话说得也比以前少了。再说天气这么热，我也不能放她去外面游荡，我很容易就能想到她中暑了也不求救，一个人倒在路边的样子。如今风险虽大，但想来还是应该维持现状。

我起床到厨房喝水，这时听到卫生间传来吹风机的声音。那样长的头发，吹干估计要花不少时间，我便坐到客厅的沙发上打开空调等她出来。

过了十几分钟，客厅的门"咔嚓"一声打开了。

"真凉快啊——"

一之濑举着双手走进客厅伸了个懒腰，脸上露出了稚气的笑容。

我对着心情愉悦的她道了声早安，把她惊得轻叫了一声。听她刚才开朗过头的声音，估计是以为房间里没人吧。

"相、相叶先生，你别吓唬我啊。"

"是你自己吓自己吧。"

"平时这个时间你不都在睡觉吗？"

大概是被看到了放松的神态让她感觉很难为情，一之濑绷着一张脸用力地坐到了我旁边。那一瞬间，一股洗发水的甜香味从她的发丝上飘了过来，弄得我的鼻孔有些发痒。

"被吓了一跳而已，你别太在意。"

"……我没有在意啊。"

"哦，是吗？话说回来，真凉快啊——"

"……就是啊！"

她的脑袋顶着我来回磨蹭，整个人靠到了我身上，但一点都不重。

简单吃完早餐，我们惬意地看了一会儿电视。阳光逐渐透过窗户照进来，房间里越来越闷热。我试着拉上窗帘，调低空调温度，但没什么效果，反倒弄得出了汗。

我一边用手扇风一边看电视，正好播到休闲娱乐场所中的游泳池特辑。屏幕里是热闹的泳池，看起来凉快极了。放在平时，我绝对不会想到自己会去人多拥挤的地方，但现在，我觉得与其待在闷热的家里，似乎在那里度过时光会更有意义。

"我们去游泳吧？"我喃喃道，如同在沙漠中发现了绿洲。

一之濑慢半拍似的歪着脑袋："啊？去游泳？那泳衣什么的怎么办啊？"

"到那儿再买就行了。"

"可我不会游……"

"好了，赶快收拾吧。"

"等、等一下!"

之后便头脑一热行动了起来。我拉着不知所措的一之濑坐上出租车,在离家较远的一个水上乐园前下了车。

这座水上乐园很有名气,在室内和室外都设有泳池。正值暑假,有不少人过来游泳,我们随着人流走了进去。

买完票过了安检,眼前便是一件件五颜六色的泳衣。这一整个楼层貌似都是卖泳衣的,好几家店铺连在一起。除了泳衣,店铺里还卖泳圈、沙滩球、凉拖、泳镜,等等。

要是两个人一起挑泳衣,那画面总觉得怪怪的,而且一之濑估计也不乐意。于是我们约好了碰头的地方后,我直接把钱给了她。

"我还想买防晒霜……"

一之濑说这话时的表情好似不小心打碎了盘子的小孩子,我笑着告诉她:"你需要的话可以把泳圈也买了。"

结果把她惹毛了:"别把我当小孩子啊!"

我在走进的第一家店里买了一条黑色的五分泳裤,顺便把毛巾之类的也买齐了。

一之濑貌似犯了选择困难症,空着手回到了碰头地。不待我疑惑,她便表示:"今天看来会很晚回去,我想先给家里打个电话。"随后借了我的手机走开了。

过了好长时间,她终于回来把手机还给了我,然后又去挑泳衣。我玩着手机等她,可仔细一看却没有通话记录,反倒跳出来一堆诸如"可爱泳衣""泳衣推荐"之类的搜索记录。看来我得耐着性子等等了。

"抱歉，我太慢了。"

在她还回手机之后又过了二十分钟，一之濑拎着一个大袋子回来了，一脸的不好意思。

"找到喜欢的泳衣了吗？"我问她。

她信心十足地点头"嗯"了一声。

我在更衣室前和一之濑分开，换上了泳裤，把一直随身携带的衔尾蛇银表存放在储物柜里。尽管不太放心，可它怎么看都不像是防水的。然后我又把钱装进刚买的防水袋里挂在脖子上。

出了更衣室，刚踏进室内泳池，一股热气便扑面而来。圆顶形的建筑物里有一个类似海滨的巨大泳池，周围种着椰子树一样的植物，令人感觉来到了南方国度的沙滩上。

巨大的泳池里，游泳的人数都数不清。我很想立刻跳进去，但还是要等一之濑过来。我正琢磨着待会儿一定要夸夸她的泳衣，侧腹突然被戳了两下。

"相叶先生……"

循声望去，只见一之濑穿着泳衣站在那里。

那是一件白色的挂脖比基尼，特别适合她。上面缀着花边，俏皮可爱的设计却被一之濑穿出了沉静感。她的肌肤娇嫩白皙，双腿纤细修长，我一时不知该说些什么，打好草稿的夸奖也不见了踪影。

一之濑捏紧双手抬起眼睛问我："那个……不会很奇怪吧？"

"不奇怪，非常合适。"

"……客套话就免了。"

一之濑扭扭捏捏的，脸上泛起红晕。

少女心可真难猜。

从入口处看到的巨大泳池似乎是以海滩为设计灵感，越靠里面水越深。

"好凉！"

一之濑走在浅滩处，脚下踢出哗哗水声，看起来比周围的小朋友们还开心，我都怕她摔了。

泳池里的水温保持着适宜的凉爽，我们慢慢适应着往深处走。等到水位到腰侧时，我捧着水朝一之濑的后背轻轻一泼。

"呀！"一之濑吓得大叫一声，神色愤愤地转过头看向我。

"我想吓吓你……"

下一秒，只听"哗"的一声，水就灌进了我的嘴里。我猛地咽了一口水，呛得咳个不停，对面却毫不留情地继续朝我泼水。

"是我错了，喂，别泼了！"

泼来的水越来越多，看来她不肯原谅我。

我也迎战而上，朝她泼水。一之濑被水花泼了满身，带着兴冲冲的表情不甘示弱地泼了回来，刚才的那份羞涩仿佛是假的一样。

我们两个打水仗打到气喘吁吁，之后顺着泳池边的梯子爬上岸，前往其他泳池。

浅水泳池里修建有滑梯等游乐设施，很多小孩子在那里玩耍。设施上有各种各样的装置，水花到处飞溅。上方的巨大水桶在蓄满水后还会翻转下来，里面的一大桶水倾泻而出。

"相叶先生，你去站到那里。"

一之濑一拉吊绳，就有水冲我当头泼下。

"这是刚才的反击。"

一之濑吐着舌头坏笑，看起来比任何时候都要生动活泼。旁边的小孩子也指着我哈哈大笑，我思索着要如何报仇。

"呀！相叶先生，等一下！"

我抱起她来到水桶里的水泼下来的位置。里面的水估计快满了，附近聚了一大堆人。

我把手脚乱扑腾的她放下来，就在这时，水桶翻了过来。

一之濑背对着水桶，所以对此毫不知情，她在水流的冲击下扑向我。旁边的情侣开怀大笑，小孩子们也不停叫嚷，一片欢闹声中，一之濑整张脸都红透了。

一之濑闹起了别扭，好半天都不愿意跟我说话。不过在室内的餐饮店里吃了拉面、玉米热狗和薯条后，她的心情似乎有所好转。她甚至又吃下了一个冰激凌，真是食欲旺盛啊。

吃完午餐走到室外，盛夏的日光火辣辣地照在身上。我们的左右脚快速交替，在滚烫的地面上一路疾行，钻过喷泉拱门，躲进了长如河流般的漂流泳池。

一之濑租了漂流泳池专用的泳圈，坐在上面可以随波漂荡。阳光照得水面波光粼粼，一之濑的白皙肌肤也闪闪发光。

我拽着她的泳圈前进，一之濑兴奋地大喊："好快！"接着再一转泳圈，她又笑着尖叫起来。这时的一之濑笑得特别天真烂漫，让我忘掉了旁人的存在，一心想要逗她开心。

在漂流泳池里嬉闹完，我们又去挑战走浮桥。

浮桥漂在水上，我们需要踩着晃来晃去的桥面到达对岸，要在上面保持平衡十分困难。就在我脚下犯难,无法前进时,身后传来一之濑的惨叫声。我刚一回头,失去平衡的她便抓住我的胳膊,我们两个人就这样齐齐落水。

"吓死我了……"

害我落水的罪魁祸首揉着眼睛害羞地笑了起来。

我才是吓死了。

之后我拉着一之濑走向水上滑梯,坐上了她不太想尝试的双人橡皮艇。我们顺着弯弯曲曲的滑道左摇右摆地疾速下滑,坐在前面的一之濑发出了激烈的惨叫。

"我都说了不想坐啊!"

从橡皮艇上下来后,一之濑轻轻撞了我一下。

对不起嘛。

我们又来到波浪泳池,一直往深处走到水没过一之濑的肩头,等待每隔一个小时掀起一轮的波浪。我问她是不是回到稍浅一点的区域比较好,她回我说没事,于是我们没有再动。

然而看着她游泳的样子,我不禁在心里打鼓。尽管她本人坚称自己这是自由泳,可我怎么看都像是在狗刨。

我正犹豫着是不是回去比较好,海浪便扑了过来。

浪头比我想象的还要高,甚至超过了我的身高。旁边游客众多,每当海浪涌来时,周围就会响起阵阵欢呼。但实际上,我压根儿顾不上这些。

海浪涌来的间隔很短,光是换气就够费劲了,一之濑还紧紧抓着我,我的腿被她缠住,也没法正常跳起来。

等我好不容易抓紧了她，周围却密密麻麻挤满了人，回也回不去。

眼下估计不太妙，我开始有些着急，不过海浪渐渐平息了下去。

"我差点以为自己要死了……"一之濑有气无力地嘟囔，随后立即竭力解释，"啊，我可不是不想死了，只是不喜欢被淹死而已。"

"……知道了，你快松开我。"我对着一之濑说道。

她这才手忙脚乱地松开手。之后我们就一言不发地离开了泳池。

一整天连玩带休息的，天色逐渐变暗，吹来的风也泛起了凉意。室外泳池亮起了灯，回家的人也越来越多。

我们也觉得该回去了，不过在最后又去体验了下洞窟造型的温水泳池。

冰凉的身体感受到了惬意的温暖，热乎乎的，好舒服。一之濑也闭上了眼睛，看起来很放松。

"我想永远待在这里。"

坐在我身旁的她，白皙的肌肤被熏得粉扑扑的。

"我懂你的心情，但是会泡涨的。"我看着天花板说道，橙色的灯光有些耀眼。

"真不想回家啊……"

"我还会带你来的。"

"我不是这个意思，我是想就这样去一个遥远的地方。"一之濑像是发牢骚般叹了口气。

"是啊……"我回忆起曾经的自己喃喃道。

我闭上眼睛，听到身侧之人感叹："就这样死掉该多好……"

我怎么可能让你死掉？我在心里自言自语。

后来直到上出租车我还算勉强清醒,但好像很快就睡着了,最后是被司机叫醒的,一之濑靠着我的肩膀睡得正香。

"回去路上注意安全啊。"

我打着哈欠说完,一之濑揉着眼睛轻声应道:"好的。"

回家路上,夜风拂过皮肤,我打了一个大大的喷嚏。

原想着买了晚饭再回去,但我甚至连去便利店的力气都没有了。

二十来岁的人了,竟然还玩闹到精疲力竭,我自己都觉得离谱。不知道对于她来说,我是不是一个合格的玩伴呢?

我用迷迷糊糊的大脑想了想,得出的却只有喷嚏。

4

舍弃寿命后的第二个八月十九日,星期三,阴。

和一之濑去完游泳池的第二天早上,一醒来我就感到了身体的异样。

喉咙好疼,我想坐起来,身体却十分沉重,乏得厉害,还剧烈地咳嗽起来,看来是感冒了。

我连站也懒得站,又倒向后方重新仰躺到床上。我深吸一口气呼出来,连带着咳了起来。

距离烟火大会仅剩三天,真是赶上了最坏的时机。

早知如此,应该先买点感冒药备好的。曾经我还乐观地认为:舍弃了寿命的人还在乎健康,傻不傻?真想把当时的自己揍一顿。

然而这病得都得了，事到如今再后悔也没什么办法。既然如此，不然我回溯时间，回到昨天先买了感冒药喝下？

可感冒的根本原因是冻到了身子，那是不是就应该不去游泳？我将目光投向放在桌子上的衔尾蛇银表。

……不行，我不希望抹消昨天发生的一切。

要倒转时间，那就回到和一之濑道别之后。虽然昨天晚上就产生了倦怠感，不过我只要在睡觉前吃下感冒药，情况估计就能比现在好一点。

就在我从床上伸手去拿银表的刹那，房门打开了。

"你竟然会连着两天早起……"

一之濑走进房间，脸上的表情仿佛发现了新大陆。

我慌忙打手势阻止她靠近。说是打手势，其实就和赶小狗一样摆摆手，意思是"走开走开"。然而，一之濑还是带着满脸的好奇走了过来。

"我感冒了。"硬挤出来的声音沙哑到我自己都吓了一跳。

"呃……真的吗？"

她可能以为我在开玩笑，把手放到了我的额头上，我甚至来不及躲。她的手冰冰凉凉的，让我不想将之挥走。

"确实有点烧，最好去医院吧。"

"……我不想去。"

"别说孩子气的话了，还是去一趟比较好。"

她像哄小孩子一样劝我，但我摇摇头拒绝了。身体虚弱时还要去人多的地方，我宁愿去死。

"这么不想去吗?"

一之濑无奈至极地走出了房间。几分钟后她便回来了,将一条打湿的白色手帕敷在我的额头上。

"这条手帕今天还没用过,是干净的,你先凑合下吧。"

手帕吸走了额头的热量,我感觉比刚才好受了一些。

"不想去医院,好歹把药吃了吧。"

我打开手机备忘录输入"没有药"三个字拿给她看。

"你把钱给我,我倒是可以帮你去买……"

我本想在麻烦她之前直接回溯时间,但回去了也未必就能治好感冒。脑袋昏昏沉沉的,我也懒得再思考,索性决定把钱给她,拜托她买点感冒药和降温贴。

"我去去就回。"她说完就离开了房间,我无力地挥挥手。

一之濑一走,房间里便静得可怕。我一边听着衔尾蛇银表发出的微弱走针声,一边等待着她回来。

待我回过神来时,自己却站在了曾经的小学校园里。

我立刻反应过来自己是在做梦,还是一个我做过无数次的梦。

梦里正在开运动会,穿着体操服的我,视线和当年一样高。校园里挂着万国旗,挤满了小学生和家长。我试图在人群中找到自己的父母——不是养父母,而是我的亲生父母。

其实在低年级的时候,每次开运动会,我都会找找自己的父母有没有来,我一直期盼着他们会夹在家长群里来看我。

我真是傻得无药可救,为了不在他们面前丢脸,每年运动会我都是拼了命地跑。可事实是,根本不会有任何人来为我加油。

然而在梦里，总会有两个仿若我父母的人影出现。父亲和母亲的脸上都蒙着一层白雾，看不真切。当我想靠近他们时，老师便会抓着我的胳膊，将我带走。二人的身影在我不住反抗的时候逐渐消失，我也会在此时醒过来。

这次，我依旧看到了两个脸上蒙着白雾的人影，却没有靠近他们的念头。

这是一场梦，我已经不会再为了他人而奔跑了。

我捡起脚边的石头扔过去，两个人影瞬间被砸得四分五裂。看着变成碎片的二人，我倒是没什么罪恶感，可心情也称不上畅快。

就在我要离开的那一刻，我听到身后有人在叫我。一回头，死神就站在那里。

她扬起和那天一样阴森的笑容，对我说道：

"你一定会对舍弃寿命一事感到后悔。"

"相叶先生！相叶先生！"

一睁眼，我和面带不安的一之濑四目相对。

"你刚才做了噩梦，没事吧？"

她一边为我担忧，一边拿着手帕擦掉我脸上的汗。

"没事。"我回答道。声音沙哑得连我自己都担心。

"我买了粥，现在就给你做哦。"

一之濑把降温贴贴在我的额头上，温柔地微笑着在上方摸了摸。我有点难为情，一直到她的手离开我的额头，我都不敢看她的眼睛。

居然会被一心寻死的少女照顾……我呆呆地看着天花板，想起了孩提时代。

我从小就体弱多病，动不动就不舒服，可又不想让养父母在生病时照顾我，干脆逞强不吃药。记得在修学旅行中晕车时，我也是因为不想给旁人添麻烦，于是独自硬扛。

所以这样被别人照顾让我觉得很别扭，更何况还是被比我小的女生照顾，实在是又难为情又丢脸。

即便如此，我还是没有伸手拿银表，而是等着她回来。

眼下才是应该逞强的时候吧。我真是没用。

正当我陷入自我厌恶时，一之濑从厨房回来了。

"相叶先生，起来吧，粥做好了。"

一之濑给我做的是蛋花粥，她一脸歉意地表示只是速食品，不过毕竟我从昨天晚上一直到现在什么都没吃，倒是觉得这卖相看着应该会很好吃。

不过这个陌生的汤碗引起了我的注意。我不记得自己买过碗，也觉得没必要，因为平常我自己吃饭都是便利店便当和方便面。

一之濑注意到我在目不转睛地盯着汤碗。

"你在看这个吗？这是我买回来的。"

她的表情仿佛在说："果然派上用场了吧。"以前她就一直劝我把碗和电饭煲买来自己做饭，但我始终没有买。

"我本想给你煮一碗像样的粥，可这里除了烧水壶什么都没有。"

"只要有烧水壶就能生活了。"

"就是因为你总是吃方便面才会感冒的。"

我坐起来喝一之濑买来的盒装苹果汁。

"来，张嘴。"一之濑舀了一勺蛋花粥，递到我的嘴边。

我正要说我自己吃，结果张嘴的瞬间，一之濑直接将勺子塞进了我嘴里。

"烫！"我反射性地叫了一声，急忙喝了口苹果汁。

"对不起，没事吧？"

她又舀了一勺，这次先呼呼地将粥吹凉了。

"这次一定没问题。"蛋花粥再次被送到我的嘴边。

见我不张嘴，一之濑歪着脑袋不解地问："怎么了？"

"我自己吃。"

然而一之濑不肯将勺子给我："你别客气啊。"

"我不是客气，只是觉得很丢脸啊。"

听完我的话，一之濑状似无辜地问道："很丢脸吗？"

"那还用说？"

说罢，一之濑笑眯眯地表示："那我就喂咯。"

她拿着勺子凑近我的嘴边，我躲着勺子不停地反抗。

"都说了不用了。"

"让你用公主抱羞辱我，你也该尝尝这种滋味。"一之濑眼神认真地说。

她按住我的身体将勺子递了过来，我拼命挣扎，但很快就没了力气，最终认命地张开嘴让她喂。

"像是在喂小动物一样，好有趣。"

"别拿病号取乐。"

吃完了蛋花粥，总算能喝药了。药粉超级苦，我试图用苹果汁送下去，反倒让苦味更加突出，弄得我整张脸皱作一团。

喝完后，一之濑笑眯眯地夸我："都喝完了，真棒。"

"别把我当小孩。"

我背对着她躺下，身后传来一阵偷笑声。

之后，一之濑时而帮我换降温贴，时而（强行）喂我吃果冻，一直在不停地照顾我。

我屡次劝她："感冒可能会传染，你快去别的房间。"可她没有离开我床前的意思。无法，我只能用被子捂着嘴咳嗽，但我一咳，她就会凑过来帮我顺一顺后背。

"你靠这么近，真的会被传染的。"

"我可是一直想死啊，一点小感冒算不上什么。"一之濑一如往常般淡定地说道。

"你还没有放弃吗？"我咳嗽着问她。

她摸着我的后背回答："没放弃，所以感冒对于一个将死之人根本无所谓。"

"都是将死之人了，也没必要照顾病人吧？"

"正相反，正因为是将死之人，才想要在最后的时间报恩。"

"我没做什么值得你报恩的事情。"

"以前我就说过了，我很感谢你的。你会为我这样的人担心，我每天过来玩你也不生气，还帮我出钱……"

"这种事，你不用在意。"接着我又补充道，"如果你非要报恩，我希望你能放弃死亡。"

怎么样都好，只要她肯活下去。

可一之濑的回答却是"做不到"。

"……你为什么想阻止我呢？"

"我一直都在说啊，我希望你能活下来。"

"我不是这个意思……我想知道你为什么希望我活下来。"

我一时语塞。不是找不到答案，而是和她相处的这一个月来，我意识到自己的表面话和真心话正在逐渐翻转。

那绝不能说出口的真心话，想必就是答案吧。

"我不知道。"

所以我佯装不知，继续敷衍下去。我想维持住如今的关系，哪怕多一秒也好。

"……你都不知道原因，还一直妨碍我？"

"可能有什么原因吧。"

我事不关己般说完，一之濑便也没有再多说什么。

多亏一之濑的照顾，隔天早上我的身体就轻松了不少。这天她依然"多管闲事"地喂我吃了苹果，不过照这个状态，我大概不到后天就能痊愈。

"这样看来应该能去烟火大会了。"

最终，我还是没能在烟火大会前让她放弃。她又会回到不断轻生的日子吗？甚至感冒快好了让我觉得可惜，毕竟她在照顾我期间都没有轻生。

"说起烟火大会，好在没有和台风撞上。"

"台风？"

"台风不是在往这边刮吗？明天这一带的天气好像就要变差了。"

"我一直卧病在床才不知道的。"我辩解道。

一之濑听完无语地说："我们去水上乐园之前，电视上就在报道了。"

"这样一来，你明天应该就没法过来了吧？"

"我打算乖乖待在家里，你也必须静养啊。"

"你不说我明天也会睡一整天的，万一感冒复发了那就麻烦了。"

我这么说完，只见她静静地莞尔一笑。

"那个，相叶先生……"一之濑的表情看起来像是有些害羞，又像是有些胆怯，"我有没有稍微报答了一些你的恩情呢？"

真的不用在意这种事情啊。

"嗯，幸好有你在。"

我使劲揉了揉她的脑袋，尽管头发被我弄得一团乱，她还是羞涩地笑了起来。

事实上，她在这里让我觉得很安心。我一直认为感冒就是独自养病，没想到她只是陪在我身边就会有如此大的不同。

我向来是一个人硬撑，才会完全不知道这点。

"回去路上注意安全啊。"

"好，你也要保重身体啊。"

回去时，一之濑看着我的脸浅浅一笑。

"相叶先生，再见。"

听见玄关大门关上的声音，我缓缓闭上了眼睛。

隔天，一之濑进行了第二十次尝试。

5

舍弃寿命后的第二个八月二十一日，星期五，雨。

这一天，一之濑进行了第二十次自杀。

直到第二天八月二十二日，我才得知她的死讯。

只能说，是我大意了。

在她轻生那天，我并没有搜索新闻确认她的安危。我深信在烟火大会结束前，她是不会寻死的，我没想到她会选择在台风天。

感冒刚好，我想为明天的烟火大会养精蓄锐。像这样让人无地自容的借口，多少我都能找出来。

明明是她劝我要静养的啊。

或许在一之濑看来，没有比那天更适合的日子了吧。而我偏偏在这种日子里疏于戒备，心里真是又急又悔。

唯一庆幸的是，我在事发后的二十四小时内发现了这件事。

一之濑死亡后的第二天，八月二十二日，我一大早便醒了过来。一直卧床养病让我找回了曾经的生活节奏，自从感冒后，我都是清晨就能醒来。

我在床上赖了一会儿，可到了平时一之濑该过来的时间，家里还是没有动静，于是我渐生疑虑。

下床到其他房间看了一圈，果然不见一之濑的身影，倒是客厅的茶几上放着我没见过的钞票和零钱。

我不可思议地拿起钞票,有张小票从下方飘落到地板上。见状我终于反应过来,这是她给我买感冒药时剩下的零钱。

我捡起掉在地板上的小票,发现背面还写了字,圆圆的字体写道:

谢谢你一直以来的关照。

那一瞬间,我浑身发凉,手里捏着的零钱掉在地上,响起刺耳的声音。

我张皇失措地查看网络新闻,跳出了一堆让人心烦的画面,入眼的尽是关于台风的报道。我过于焦急,不小心点到了无关紧要的广告,心里愈加急躁。

之后过了十多分钟,我找到了一则写有"一个少女跳向电车身亡"的新闻。事故发生的车站,正是一之濑经常去的车站,报道中少女的年龄也和一之濑相符。在看到新闻里写着"事故发生于八月二十一日早上八点左右"的瞬间,我差点放弃,以为来不及了。

然而手机上显示的时间是二十二日上午不到七点。考虑到要先一步到达那里,时间十分紧迫,但还来得及。

我回溯时间,立刻用手机叫了一辆出租车,随后拿上钱包和透明伞就冲出了家门。然而路上堵车,我只能干等着出租车过来。明明还没有进入暴风区,暴雨还是倾盆而下。天空灰蒙蒙一片,催生着心里的不安。

下了出租车,我沿着冗长的楼梯爬上爬下,总算来到了车站。

现在时间是二十一日上午八点零二分,车站看不出异常。看来我是赶上了。

剩下的就是找到一之濑,阻止她。

回溯时间前,我在社交平台上搜了搜,看到好几条写着"眼前发生了人身事故""搞不好是自杀"之类的信息。每条都是在八点十分之后发布的,意味着意外发生在此时间点之前。

时间有限,我能搜到的仅此而已,不过问题不大。

这里和市中心的大型车站不一样,我只需要盯着上行和下行两条电车线就行。每条都是十几分钟才来一趟车,现在正好下行电车刚刚来过。

一之濑撞的绝对是八点零七分驶离的上行电车。

我有成堆的问题想问她。

看到那张小票我彻底明白过来,她事先早就计划好了。她还没有放弃,自然会选择最难以被干涉的一天轻生,这从逻辑上很好理解。

然而我还是不愿相信这个事实。我一直以为她会信守承诺,等到烟火大会结束再说。我多希望她能在死前和我谈谈心,我想帮助到她,想分担她的不安,想站在她身边支持她。

我们之间,原来只要那么一张小票就能结束吗?

这种事以前也发生过啊……我嗤笑一声,还以为我们已经是好朋友了,到头来竟是我的错觉吗?可就算是错觉,我也——

"哇,好大的雨。"一个年轻女孩的声音钻进我的耳朵,令我停下了脚步。

在我的眼前,暴雨如注。

我想着想着，不知不觉走到了站台后方。再往前走就没有了遮雨棚，所以无人站在车站尽头等车，这里也没有一之濑的身影，我回头看了看，同样没有。

我只顾着想这场意料之外的自杀，全然没有考虑站台尽头是什么情况，单方面认定她一定会和往常一样出现在这里。

已经过了八点零五分，我不安地穿梭在人群之间找她。

赶快给我出来啊！

我加大了步伐，可怎么找也不见她的身影。

电车将至，请注意安全。

电子站牌上滚出了这行文字，一同响起的还有广播声。

倘若不能在这里阻止她，那一切都完了。她到底在哪儿？还是说又心血来潮地决定放弃了？我要不要赌一把，赌这里不会发生意外？

不，不行，万一——之濑接下来开始行动，那就全完了。

要是有时间搜集情报，我就不会落到这步田地了啊。可恶，我为什么没有确认她的安危啊！

柱子上的紧急停车按钮映入我的眼帘。

只要按下这个按钮，肯定就能阻止她的死亡。可我付得起拦下电车的赔偿金吗？

蠢货，都这个时候了，还想着明哲保身。

怎么样都好。我想——再见她一面。

第三章　无法兑现的诺言

就在我把手伸向紧急停车按钮时,有人从后面抓住了我的肩膀。我以为是她,回头一看——

"不是一之濑月美,失望了没?"

站在我身后的是笑容诡异的死神。

我挣开肩膀上的手,再次抬手按向紧急停车按钮,却又被她拦了下来。

"她不在这儿呢。"死神的语气里透着戏谑。

"不在?不可能……"

"因为未来改变了。"

电车轰隆隆驶入站台,然而无事发生,电车正常停下来开门,乘客们下了车。

"怎么回事?"

"你或许不知道,每当一之濑月美和家人发生争执时,她便会下定决心去死。说是下定决心,但也属于冲动,所以是没有计划的,在她涌现出这股冲动时似乎还会无意识地定下寻死方式。不过,这其中有一条连她本人都不知道的法则。"

"连一之濑也不知道的法则?"

"没错,尽管她对方式没什么执念,可也并非'偶然'从桥上跳下去,或者'偶然'撞向电车。谜底便是,她只有在被姐姐们讥讽,自尊心受伤时才会选择跳桥;而在受到父亲训斥时,她则会自暴自弃,最终选择撞向电车。"

"意思是她会根据引起冲动的原因,下意识地选择方式?"

"正是如此,尽管是下意识的选择,但只要不是'偶然',未来就不会改变。所以之前你才能一直成功阻止她。"

风势猛烈,吹得地上的空易拉罐哐哐当当一路滚过。

"那为什么未来又变了?!"

我问完,死神笑出了声。

"有什么好笑的?"

"你还不明白吗?改变了未来的,是你啊,相叶先生。"

"我?"

"是啊,她和你待在一起的这段时间,渐渐对死亡产生了恐惧。举个例子,她以前经常从站台最末端跳向电车,那是因为她对死亡毫不迟疑,死意已决。可和你待在一起之后,她的孤独感逐渐淡化,这曾经是阻止她的原因之一。所以面对死亡,她开始犹豫。如此一来的结果……想必你也猜到了吧?"

我回想起一之濑的第十九次自杀。当时一之濑没有在站台末端,而是打算从中央附近跳下去。我一直以为这是她为了躲过我的尾随故意为之,原来是在犹豫到底要不要跳下去吗?

即便是下意识的选择,但寻死方式已成了定式刻进本能,就和强烈的意志无二。然而出现了犹豫后,定式被打破,相当于通过掷骰子来抉择。一之濑的状态将变得比以往更加不稳定。

"一之濑现在在哪儿?"

死神露出了志得意满的笑容:"谁知道呢?"

看到那副表情,我确信已经出现了最糟糕的情况。

"之前我说你对银表的用法太无聊了,我要撤回这句话。你的用法可太有趣了,居然能让那么天真烂漫的女孩在生死的夹缝间苦苦挣扎。你该不会和我有相同的爱好吧？"

"现在不是开玩笑的时候！再不快点就来不及了！"

我的声音引来了周遭的目光，可死神却面不改色。

"我纵然能读人心，但不在附近的人，我是不知道人家的心思的。不过，她似乎在一些奇怪的地方有着很强的责任感，既然留了那种字条，估计正在什么地方准备寻死吧。"

死神不慌不忙地说完，我瞪了她一眼，转身跑了起来。身后又传来死神的声音："既然她不在这里，我想只会在那里吧。"

不用她说，我也打算赶到往常那座桥上。与其将可能性赌在铁道口或者其他车站，不如去那里碰碰运气。

出了车站，我打着伞一路狂奔。然而风太大，我无法顺利前进。

我想到了报警，可口袋里压根儿没有手机。我回忆了好几遍，但在最后一次我将手机放到桌子上之后，我就再不记得自己拿起过手机了。

这下连出租车也叫不了，就算叫了也可能需要等待。

我豁出去了，埋头狂奔。伞被风吹断了，我扔掉报废的伞跑在雨中，浑身被淋得湿透，衣服沉重地贴在身上，一踩到水坑，鞋子里就会进水，以至于鞋子也越来越重，最后也分不清到底是踩了水坑还是没踩。

来到河边时，我的双腿不停发抖，体力也到了极限。然而看到涨潮后的河流，我一刻不停地继续向前跑。

那座桥映入眼帘，我眯起眼睛搜寻，发现桥上有个人影隐约可见。在这样的大雨中连伞也不打，除了一之濑不会是别人，但她似乎已经跨到了栏杆外侧。

"一之濑！别跳！"

我吼出了生平最大的声音。

不知道她听没听到。风雨声震天，再加上滔滔流水声，我的声音很有可能淹没其中，但我依旧在跑向那座桥的途中不停呼喊。

我终于跑到了桥上，与平时相比，今天的大桥显得格外长。我做好了准备：如果她跳了下去，我就立刻跳到河里救她。

"一之濑！"

我跑到站在栏杆外侧的她的身后，喊她的名字。

话音一落，背对着我的一之濑回过头。

"相叶先生……"声音几不可闻，她的眼眶通红，似是在流泪，双手哆哆嗦嗦地握着栏杆。我握住她细瘦的胳膊，劝她翻过来，可她摇了摇头。

"我……我腿软了，动不了。"

我看向她的双腿，抖得厉害，看起来马上就要站不住了。

"我拉着你，慢慢翻过来。"

一之濑微微点头，身体僵硬地往后转。她的右手和右脚刚离开大桥，突然刮来一阵狂风，一之濑失去了平衡，左脚一下子脱离了桥面。

"啊！"

眼看她就要从桥上掉下去，我一瞬间紧紧握住了她的胳膊。然而我们身上都是湿滑的雨水，她的胳膊还是猛地从我手中滑落。

在准备好要跟她一起掉下去的那一刻，我正巧抓住了她的手腕。

"疼!"她痛叫了一声。

我拼命伸出另一只手抓住她的胳膊,把她拉了上来。她的脚刚一落到桥上,她便隔着栏杆抱住了我。

我抚摸着她的后背叮嘱道:"我抱你过来,千万别松手啊。"

她一言不发地连连点头,牢牢地抓着我的双肩。

我将她抱起来,往后退的途中脚在桥上卡了一下,好在她的身体已经越过了栏杆,与此同时,我的体力也消耗殆尽。

我的腿渐渐使不上力气,抱着一之濑倒向后方。

雨点砸在身上,耳边仅剩下雨声、哗哗水流声,以及一之濑的啜泣声。桥上变成了一个只有我和一之濑的世界。

"……为什么要自杀啊?"

"要是……"一之濑呜咽着开了口,"要是打破了约定……我怕你会……讨厌我……"

听明白她的话后,我的心里泛起了难以抑制的爱怜之情。

我躺在桥上轻轻摩挲着她的后背。

"我哪会因为这点事情就讨厌你啊?"

她失声痛哭,甚至要盖过雨声。

我曾见过好几次她哭泣的模样,她从不会号啕大哭,总是在一滴泪水滑过脸颊后默默地强忍住泪意。在我给她一百万日元的时候她也没有掉泪,一之濑看似脆弱却又透着坚强。

如今抽泣的她却截然不同,她的泪水如决堤般涌出,身体颤抖着发出呜咽声。现在的她,全然不见以往的坚强,只是一个柔弱哭泣的少女。

将她逼到这一步的人，是我。

一面是从未有过的安心感，一面是从未有过的罪恶感。我的内心被复杂的情绪搅得泥泞不堪，雨水无法将其冲刷干净。

我和她就这样待在只有我们二人的一方天地，直到她的抽泣声渐渐隐没在雨声之中。

6

我拉着抽抽搭搭的一之濑那只冰凉的手，顶着暴雨回到了家。

一之濑浑身湿透，我让她先去冲澡，她却站在玄关处不肯动，边哭边客气："你先洗。"我只好硬将她推到了卫生间。

我把她淋湿的衣服扔进洗衣机，随后在门口放了一套我用来当睡衣的卫衣。

纤瘦的一之濑穿上这件衣服肯定大得过分，而且她可能压根儿就不愿意穿我的睡衣，但眼下只能让她忍忍了。果不其然，她洗完澡出来时还要用手拉着才能避免肥大的裤子滑下去。

一之濑环抱着自己，低着头坐在房间的角落。看样子她已经停止了哭泣，不过眼睛还是红通通的，身体也在不停战栗。

见她这种状态，我不放心让她一个人待着，可又不知道该对她说些什么，最后留下一句"乖乖待在那里啊"便去洗澡了。

我简单冲了冲就回到房间，看到一之濑抱着膝盖睡着了，应该是哭累了吧。我不想吵醒她，悄悄把她放到了床上，结果给她盖上

第三章　无法兑现的诺言

被子正要离开时差点在床前摔倒，一屁股坐到了地上。

这一带似乎进入了暴风区，狂风呼啸，倾盆大雨敲打着窗户。一之濑恬静的睡颜和外面的景象形成了鲜明对比，我一动不动地望着她。

以后，她还是会继续寻死吗？

她的自杀行动，到今天我已经阻止了二十次，然而这或许是最后一次了。如果她再次行动，我没有信心还能先她一步赶到现场。

看到柔弱哭泣的一之濑，我心如刀绞。可即便如此，我的心意依旧没有改变——我想让她活下去。而且她本人也开始犹豫，只要再加一把劲，真的就只差一点了，还有什么我能做的事情吗？

我伸出手想摸摸她安睡的脑袋，但最终也没有放上去。

台风离开后的傍晚时分，一之濑睁开了眼睛，我对着半梦半醒的她道了声"早安"。

听到我的声音，她小声道："早上好。"

她貌似回想起了桥上发生的事情，我也想起自己当时的举动，不禁有些难为情。我嫌弃地对自己说："紧张个什么劲儿啊？"可也没什么效果，我俩半天都没有说话。

"那个……我想用下洗手间。"

沉默了好几分钟，我才对着从被子里钻出来的她应了一声。

随后我听见一之濑的惊叫声，反射性地朝她看去。

她似乎忘了身上的睡衣是我借给她的，站起来的瞬间宽大的裤子险些滑落，一之濑慌忙蹲了下去。

发现我的视线后，一之濑红了脸，咬着嘴唇看向我，眼里泛起了泪花。我赶紧移开眼睛看着墙壁说道:"我什么都没看见。"

一之濑逃也似的离开房间。

"相叶先生!那些东西!"她从厕所回来后说道。

她一改刚才文静羞涩的模样,直奔我面前,颤抖着指着她那身挂在隔壁房间的衣服。

"它们怎么晾起来了!"

"不是,不晾干你没法回去啊。"

"我不是这个意思!我本来打算自己晾的,你干吗擅自晾了啊?"

"你都睡着了啊……"

话音一落,一之濑的脸红到快要爆炸。她看起来还想说点什么,可最终一言不发地憋着火将自己关进了隔壁房间。之后,房间里不时传出"好想死"的声音。

本来我就很纠结该跟她说些什么,这下更加尴尬了。在她回去之前,我要是还不能说服她的话……

可如今的状态,估计我劝了也没用。况且我现在都不敢去和她说话。

就这样过了晚上六点,为了哄她出来,我点了份比萨。

拿到比萨,我敲了敲她的房门:"要不要一起吃?"里面无人回应。不过几分钟后,她气鼓鼓地出来了。

虽然成功在一个房间里吃了饭,可一之濑始终背对着我沉默不语。尴尬的气氛在房间里蔓延,我必须想办法起个话头。

"都这么晚了,我出钱,今天你就打车回去吧。"

不是，我在说什么啊，哪能就这样让她回去？

说罢，只见一之濑转向我小声嘟囔："我不想回去。"

声音小得差点听不到，但她的确是这么说的。

"不想回去吗？"

"……回了家……也没什么好事……"

这还是一之濑头一次说不想回家。她一时无言，像个小孩子一样绞着手指偷瞄我的反应。

迟钝如我，也能轻易明白她话里的意思。

"那不然，你住下来？"

听到这话，一之濑略带惊讶地问道："可以吗？"

"我无所谓，但你要住的话至少要给家里打个电话。"

一之濑面上松了口气："那我就住下来吧。"

和家里关系不好是一回事，可要是夜不归宿那就是大问题了。我把手机借给一之濑，让她和家里联系。对于收留她过夜，我还是有些抗拒的，可我也不能就这样放她回去。

她似乎是骗家里说自己住在了朋友家，随后又说什么"家里人也知道我没有朋友，肯定看穿了我在撒谎""他们根本不在乎我"之类的话，闹了会儿别扭。

等终于收拾完，一切落定之时，已经过了晚上九点。

一之濑和我这种夜猫子不一样，她说自己通常十点就睡觉了，于是我今天决定配合她的作息。看来要到明天才能和她好好谈谈了。

然而问题来了——这个家里只有一床被子。

我表示："我睡客厅沙发，你睡在床上。"

一之濑却说:"白天我就占用了你的床,所以你去睡床吧。"

接着我俩用猜拳的方式解决,是我输了,然而我俩还是没争出个所以然。

"睡哪里由赢的人决定。"

"不是,输的人才要睡沙发吧?"

"不,我睡沙发。"

再这样下去永远都别睡了,吵了半天,最终结果是两个人并肩平躺到了床上。

"不然我们算平局吧?"这个建议是一之濑提出的。

我准备等她睡着了就自己去沙发上。

房间里关了灯,月光透过窗户洒进来,足以让我看清一之濑的模样。

"晚安。"

"晚安哦。"

两个人并排睡在床上十分局促,我从平躺换成侧躺。

我闭上眼睛装睡,房间里静悄悄的,偶尔能听到外面汽车经过的声音和风声。旁边飘来洗发水的甜香。

我睁开眼睛想看看一之濑睡着了没,没想到又和她四目相对,我被吓了一跳。

"还没睡吗?睡不着?"

一之濑点点头。

"毕竟你一直睡到了傍晚啊。"

"你也睡不着吗?"

"因为我一连卧床了好几天嘛。"

之后她也不时瞟向我,好几次和她目光相接,我都移开了视线。

"那个,相叶先生……"

"嗯?"

"就是……对不起,我总是给你添麻烦。"

别露出那种表情啊。我看着忧虑的一之濑心想。

"怎么突然说这种话?"

"以前我就想着要向你道歉了,可就是说不出口……"

"这是我心甘情愿的,不需要你道歉。"

"可是……"一之濑欲言又止。

"不过,希望你别再以为会被我讨厌而去跳桥了。"

我苦笑着,一之濑又对我说了声"对不起"。

"我不是在责备你,只是你那样做会令我更难受。"

假如我没有意识到她自杀了……光是想想我就心痛。

"……你还是想死吗?"

"我自己也不知道。"听到我的问题,她答道,"我一直以为跳下去很简单,可今天,那里看着比平时还要高,让我害怕往下跳,所以我才腿软得回不来了……"

一之濑神色忧郁,散发着哀愁的气息。

"姐姐经常说我根本没有寻死的勇气……我一直在心里否定说'才不是这样',结果姐姐说得没错。就这还说了那么多次想死……我真是个胆小鬼啊。"

她自嘲地笑了笑,我握住她的手,她随之看向我的脸。

"哪有人不怕死的？因自杀而死的人只不过是碰巧自杀成功了而已，并不是有勇气，所以你不要说这种话。"

她回握住我的手，轻轻摇摇头。

"就算不是胆小鬼，我也讨厌自己。上不了学，成为家人的累赘，还不停给你添麻烦，都这样了我却还没死，简直无地自容……"

一之濑的手颤抖着，眼中漫上水雾，所以我继续握着她的手。

"听我说，一之濑，我从来没觉得麻烦，而且不去上学也不是你的错啊。"

"被同学欺负都是两年多前的事情了，也不怪家人说我'一直对以前的事情耿耿于怀，纯粹是逃避现实'……"

"错了，你不是很早就在为此烦恼了吗？既然在你心里事情没有解决，那就不是以前的事。应该说你在这两年里都没有逃避，一直忍了下去。"

"可是……再这样下去只会惹人嫌……"

一之濑的双眸滚落了一串串泪珠。

"就因为我活着，让我的妈妈也很为难……她说'我是为了让你去上学才再婚的，你怎么就不懂事'。"

她的眼睛在窗外月光的照耀下，如宝石般晶莹。我用手指擦掉她流出来的泪水，温柔地摸了摸她的头。

"有句话说出来挺羞耻的，而且可能也算不上什么安慰，不过，我很高兴能遇到你。可如果你正常上学，和家人也关系融洽，那我们肯定就不会相遇了。"

起初，我只是想化解罪恶感，然而在不知不觉间，我开始真心想要拯救她。因为一之濑没有朋友，和家人也不和睦，才会让孤僻的我产生这样的想法。

正因为她孑然一身，我才拼尽了全力。

"你没有放弃，一直忍了过来，才有了我们的相遇。所以我希望你不要自责，保持现在这样就行。你完全不需要改变。"

一之濑压抑着声音哭了出来，泪水多到我已经没法用手指擦干净。我摩挲着她的后背安抚她，她随即揪着我的衣服埋下脸，温热的泪水洇湿了布料。

"你觉得可以……但我身边的人不允许啊。"

一之濑的身体和声音都在发抖，如同在桥上时那样柔弱，但我却并没有冒出罪恶感。

她一直忍耐到了现在，我希望她能将泪水哭干哭尽。

"就算其他人不允许，我也想让你活着。我知道这比改变更难，可即便如此，我也不想让你死。我是你的伙伴，我想成为你的助力。"

这不是因为我把她逼到了这一步，所以想补偿她。我已经不满足于单纯回溯时间阻止她轻生了，我想分担她的痛苦，想多少抚平一些她的创伤。

"我比你想象的……还要软弱。我在家里会一直哭……也不会说什么俏皮话……净会添麻烦，像我这种人……"

我抱紧了不停贬低自己的一之濑，来回抚摸她的后背。她的身体很温暖，每当呜咽出声时便会禁不住颤抖。

我怀抱着的，是她活着的证明。

"这些我都不介意。"

说来惭愧，这已经是我能为她做的全部。

在我看来，"活着就会有好事发生"就是不负责任的安慰。以前我特别讨厌这句话，然而现在的我却正用差不多的话来安慰她。

即便如此，或许总有一天她能碰到真正理解自己的人。如同我们的相遇，只要她活着，肯定会有这么一天。我希望她放弃轻生，努力活到那一天到来。

——她完全有可能回到原来的生活。

那天晚上，一之濑向我倾吐了至今发生的所有事情——

听到父亲生命垂危时，她流下了泪水。她每天都会去探望父亲，因为放学后要去医院，导致她不断拒绝朋友的邀约。朋友挖苦她不好相处，她渐渐地被边缘化。在学校穿的室内鞋屡次被人藏起来；笔记本和铅笔被扔进垃圾箱；带到学校的伞被偷走，导致她在回家的路上淋得浑身湿透。由于不想让父亲担心，她一直在他面前强颜欢笑。

父亲的葬礼结束后，她也在不停地哭泣。朋友拿父亲的死奚落她，她还曾被撞下楼梯，被人拿水桶泼水。

母亲再婚，连家里都没有了她的容身之处。霸凌愈演愈烈，她开始不去上学，结果却被继父拉着胳膊强行带到学校，父亲买的海豚玩偶也被继父扔掉。

在家人面前喃喃着"想死"，希望他们能关心自己，反而遭到姐姐的暴力对待，就连母亲也不帮她。

严寒时节，她却一直在外游荡。圣诞节那天她看到逛街的母子，决心寻死。要轻生时却被阻止，每次被阻止她都会茫然不知所措，但其实她很高兴有人担心自己。

…………

每当她说不下去的时候，我都会摸摸她的后背。我能做的仅仅是展现廉价的同情，又或者应和她几句，这让我自己都觉得羞愧。

全部说完后，一之濑大概哭累了，直接睡着了。她在睡梦中还抓着我的衣服，我只得放弃去沙发上睡的念头。

找完这种骗不了任何人的借口，我也闭上了眼睛。

第二天早上我睁开眼，一之濑还在沉睡。

不过她很快就醒了，我对她说了声"早安"，她也回了一句"早上好"。

拉开窗帘，窗外是一片令人心旷神怡的蓝天，衬得昨天的天气仿佛是假的一样。

吃完早餐，一之濑回家拿衣服。老实说，我很不放心让她一个人回去，但她看着我的眼睛保证："我会准时去的，别担心。"

我除了相信她，别无选择。

晚上六点，我们在往常那座桥上会合，前往烟火大会。

公园里挤满了来看烟火的游客，我们随着人流慢慢往前挪。

"万一走散了就麻烦了……"说着，一之濑抓住了我的手。

等我们走到上次吹泡泡的草地上时，天色已经暗了下来。宽阔的草地上尽是游客，我们也成为其中一分子。

我们移动到一处方便看烟火的地方，剩下的就是等烟火升空了。

"相叶先生。"

"怎么了？"

"……我陪着你来，没关系吗？"一之濑看着地面说道。

"什么意思？"

"就是……你的朋友……或者女朋友不来，没关系吗？"

"你觉得我会有女朋友？"

闻言，一之濑不自然地笑了笑："这、这样啊。"

"我才该说抱歉，非让你陪着我来。"

"不会，能和你一起来……我很开心。"说着，她一下子攥紧了我的手，顿了顿才开口，"还有……昨天晚上谢谢你。"

"我能做的也就是随声附和你几句罢了。"

"才没这回事呢，"听见我的话，一之濑微笑道，"我一直觉得能和别人倾诉的烦恼都称不上烦恼，那些无法倾诉的才叫作烦恼。可其实，我只是嫉妒人家有人倾诉，只是想拥有一个能倾诉的对象而已。所以你昨天能听我倾诉，我真的很开心。"

看着笑眯眯的一之濑，我感到了一丝害羞："那就好。"

"我也很高兴能和你相遇。"接着一之濑又表示，"所以，那个，就是说……"她支吾了半天才如是说道，"我要不就……放弃吧……"

就在此时，烟火飞上了夜空。大地随之一颤，周围的游客爆发出欢呼声。

然而我们谁也没看烟火，一直注视着彼此的面庞。

一之濑扭扭捏捏的，像是在等我的答复，我花了些时间理解她的话。

在第二发烟火升空的时候，我才开口："一之濑，谢谢你。"

连我自己也不知道为什么一上来会先道谢，总之我就是很开心。我特别开心一之濑愿意放弃寻死，于是不由自主地说出了这句话。

一之濑也露出了不明所以的表情，不过还是笑着说："不客气。"

"相叶先生，烟火真漂亮啊。"

她很快便装作若无其事的样子，我应了一声："是啊。"

可以的话，我真想不顾周遭的目光，大声地将喜悦宣之于口。然而，或许也没必要这样过分欣喜。

如今她仅仅是不再寻死，真正意义上该高兴的事情，应该还在后面。

飞上高空的烟火随着一声巨响绽放开来。

我们一直望着烟火。

我以前就很喜欢烟火，面对升空的烟火，我要做的就只是仰望。整片视野中唯有烟火，所以不会碰上让人不开心的事情。更何况这时也并不需要父母和朋友在身边，一个人也能享受。只有在那一刻，我才会像普通人一样融入人群，所以我很喜欢烟火。

不过，这些好像都是我的误会。

环顾四周，也有不少人没看烟火，而是看着自己孩子或恋人的侧脸。

我第一次知道，欣赏烟火，不是只看天空。

正是在看到一之濑瞳孔中熠熠生辉的烟火时，我才意识到了这点。

7

舍弃寿命后的第二个十二月二十四日，星期四，雪。

距离和一之濑去烟火大会，已经过了四个多月。

打那天起，一之濑就再也没轻生过。

如今她依旧每天来我家。得益于此，我也过上了平稳的日子，无须再搜索关于她安危的新闻报道。除了不再寻死，她还是和以前一样。有时也并非完全一样。

一之濑在这四个月里发生了改变，对我的生活也产生了影响。

首先第一点，她开始复习备考。

我记得应该是参加完烟火大会的两周后吧，来到我家的一之濑表情认真地拜托我给她辅导功课。起初我以为她想让我给她讲学校的卷子，没想到她从书包里拿出了一本辅导书。问了本人才知，她是要备考升学考试。

我原本就有劝她在放弃轻生后好好读书的打算，这是对于她回归正常生活来说最合适不过的契机，而且她自己也在七夕的纸笺上写了这个愿望。

但因为她一直没有上学，我担心她会对此心生抗拒。在我看来，她只要能放弃寻死就足够了，不上学就不上学吧。我想着等她的状态更稳定一点再和她谈这件事，免得催到最后弄巧成拙。

而且万一她对此不感兴趣，我打算再找别的法子。在我正考虑这些时候，一之濑竟然先提出了升学，这着实惊到了我。

看她突然要改变，我反倒有些忐忑，对她说："你其实不用勉强自己。"

她却斩钉截铁地表示:"我已经决定了。虽然你说我保持现状就行,但我想改变自己。"

说这句话时,她的表情开朗又鲜活,让人想不到两周前她还一心寻死。我不禁感到了安心:这么一来,哪怕在我离开之后,她应该也能活下去。

之后,我开始每天给一之濑辅导功课。

说是辅导,但我以前念书时就是擦着及格线低空飞过的学生,能教她的东西少之又少,相比我辅导她,我们两个一起犯难的次数更多。

再说了,问我这种不擅长讲解的人,还不如上网搜答案来得更高效,我纯粹是在给她拖后腿。可一之濑一碰到不懂的地方,还是会来询问我。

要补回落下的进度应该不是件容易事,好在她以前就在做辅导班的卷子,基础知识都理解,学起来便轻松不少。

她的记性很好,应该是没问题的。

第二点,她开始为我下厨。

见我总是吃便利店的便当和方便面,她担心我的身体,每天都给我做饭。

起因是那天一之濑一边说着她来做饭,一边拉着我去买厨具和餐具。我怕她麻烦,想推辞掉,可她却干劲十足地说:"以前我一直麻烦你,所以我想多少帮你点忙!"

她夸口说自己小学时参加过烹饪部,便斗志昂扬地做起了饭,然而一开始接连失败，导致她常常沮丧。好几次我都是硬塞进嘴里吃完，并对着低下脑袋道歉的一之濑出言安慰："这样也很好吃嘛，别灰心。"

但说实话，下咽的时候是真痛苦。

不过，自从开始在网上找菜谱，她的厨艺与日俱进，菜色也更为多样。她很擅长土豆炖肉、咖喱、汉堡肉饼、猪肉味噌汤、蛋包饭这类家庭料理，我只要吃了一口，她必定会问味道如何。听到我回答"好吃"，她便会放心地翘起嘴角说"太好了"。

我去便利店和在外面吃饭的次数都大大减少，如今更多的是和她一起去超市买菜。

还有第三点，正如眼下的状况——一之濑会睡在我家里。

她在我家里，睡得一脸惬意，让人不忍心吵醒她，脸颊都被挤变了形，但依旧很美。

尽管她放弃了轻生，但并不意味着解决了问题。一之濑至今一直与她的家人关系恶劣，只要和他们爆发争吵，一之濑便会短暂离家出走，在我家住几天。

然而和花季少女同在一个屋檐下，到底是会让人觉得不自在。

我给她准备了一床被子，可她每次离家出走来到我这儿总有很多话想倾诉，最终都会变成我俩无休止地聊天。我问她不能正常说吗，她说不在黑暗的环境里，自己会难以启齿。

换言之，一之濑对我产生依赖了。

在她离家出走的三次里就会有一次是哭着过来的，学习的时候还会一边抱怨学累了，一边靠到我的肩膀上；在外面会说"好冷"，然后贴着我的身体取暖。

既然说了想成为她的助力,我自然是不会拒绝她的,而且我也很高兴她能依赖我,但这令我感到了些许为难。

最近,她无端透出些成熟,尽管还是学生,可举止却像成熟的人一样,笑容比以前更加明媚。

一之濑天真又毫无防备的举止,让我仿佛变成了一个面对烦恼的苦行僧。

我曾经跟她提过一次,说我们还是不要长期在一起相处了,结果却捅了娄子。

一之濑一脸懵懂地歪着脑袋表示不解:"为什么不能?"

我回答:"你是个女孩子,和异性长期同处一室……那个,算什么事啊?"

她思忖片刻后忸怩地问道:"你是把我当成异性看待了吗?"

"这……怎么可能啊?"我反射性地撒谎。

她鼓着腮帮子不高兴地说:"……那不就行了。"随后好半天都不肯跟我说话。

从那以后我便随她去了,也就成了如今这种情况。

我今天同样晃了晃一之濑的肩膀,把熟睡的她叫醒。

这一天是圣诞夜,雪从早上开始便下个不停。

"相叶先生,你看,地上已经有积雪了呢。"

一之濑两手扒在窗户上,像个小孩子一样叽叽喳喳。窗外是一片银白色的世界,雪已经积了不少,看厚度甚至能堆个雪人出来。

曾经单调的房间如今也大变样,东西越来越多,渐渐洋溢出了生活气息。

厨具和餐具自不必说,此外,窗边放了观叶植物,桌子上还放了由一之濑挑的让人看不懂的小摆件,就连一之濑在玩具店里选购的桌游的包装盒也成为室内装饰的一部分。

吃完了她做的早餐,我们两个开始装饰圣诞树。我们在网上买了一棵高度及腰的圣诞树,这是由一之濑提议的。

圣诞老人人偶、雪人人偶、系着丝带的礼物盒、红袜子、装饰彩球……我们将一个个带有挂绳的小饰品挂到圣诞树上,再把金银两色的毛绒彩条拉花和缀有一串小灯泡的电线绕在树上,最后在顶部安上一颗大星星便大功告成。

打开电源,小灯泡一闪一闪地亮起了光芒。

"果然有了圣诞节的感觉。"一之濑微笑着说道,我点了点头。

说起来,我记得小时候自己好像还曾看着朋友家里装饰好的圣诞树羡慕不已。那时忍着没去央求养父母买,没想到居然在长大后实现了这个愿望。

我望着一闪一闪的圣诞树,和她一直打游戏打到了傍晚。

傍晚时分,雪停了,我带着一之濑出去买蛋糕之类的吃食。

我们沿着已经扫过雪的人行道走向车站,为了迎接圣诞,途中的林荫路已经装饰上了彩灯,闪耀着光辉。

"好漂亮……"一之濑呢喃着,眼睛里正如字面意义般闪闪发光。

因是圣诞夜,林荫路上人流如织,不过几乎都是手牵着手的情侣。

我们两个站在这里有些格格不入啊……我正想着,就听到一之濑说"太冷了",然后拉住了我的手。

一之濑的手比我的更加温暖，我们一句话也没说，走在梦幻般的世界里。一之濑呼着白雾，露出了天真烂漫的笑容，看起来很开心。

要是这条林荫路能永远延续下去就好了……我沉浸在这样的妄想中，结果一之濑不小心目睹了一对拥抱在一起的情侣，直接加快脚步拽着我的手走出了林荫路。

我们在车站前的商店里买了蛋糕、炸鸡、无酒精的香槟等东西回了家，准备在房间里开个迷你派对。我们将蛋糕、炸鸡、意面、比萨等各式各样的食物摆在桌子上，随后拉响了小礼花。虽然我觉得两个人吃这些有点太多了，不过好在一之濑食欲旺盛，消灭这些根本不在话下。

"你也是会把草莓留到最后吃的人啊。"一之濑看着我盘子里剩下的蛋糕上的草莓说道。

她的盘子里同样剩着草莓，我笑眯眯地捏起她盘子里的草莓吃掉，只听她一声哀号："我的草莓！"

"谁让你大意了。"

一之濑气呼呼地看着我，作为补偿，我递上了自己的草莓，一之濑却说着"要你喂我"便张开了嘴巴。我似乎不小心给她找了个耍赖的借口。

把草莓喂到她嘴里后，她翘起嘴角说道："比平时的都要好吃呢。"

"果然是留到最后更好吃。"

"我不是这个意思。"

一之濑鼓着双颊继续吃着。

这天她同样表示想住下来，我就让她给家里打了电话。洗漱后，我们两个人打打游戏、看看电视，悠闲地度过了圣诞夜。

到了平时该睡觉的时间，我们依然没有从客厅挪步。过了零点，我们俩都有点饿了，于是泡了方便面当消夜。

"我好像还是第一次这么晚吃东西。"

总是晚上十点睡觉的一之濑，这时看起来十分兴奋。

我们看着不知所云的电影吸溜着方便面。

吃完方便面，一之濑打了个大大的哈欠。

"差不多该睡了吧？"

"我还不困……"

一之濑揉了揉困顿的眼睛，看起来和她说的正相反，她已经困到极限了。她貌似也没什么精神打游戏了，等再闲聊一会儿估计就要准备睡觉了。

想着圣诞树是我们好不容易装饰好的，于是在关了灯后，我们留下圣诞树亮着光芒。

我们坐在沙发上望着一闪一闪的圣诞树。

"不知道我能不能继续上学啊……"坐在旁边的一之濑嘟囔道。

"你很担心吗？"我问道。她轻轻笑着"嗯"了一声。

"就算我没考上，你也不要讨厌我哦。"

"我怎么可能因为这个就讨厌你啊？"

我笑了笑，一之濑仿佛确认一般又问道："真的？"

"你不用担心，肯定能考上，而且你还能交到朋友。"

"……我应该已经不需要朋友了。"

我问她："你不想要朋友？"

"我感觉自己会再次被讨厌,而且即便没有朋友,还有你在……"

"说什么傻话!你说不定还能找到男朋友呢。"

话音一落,一之濑不停摇头,强烈否定道:"我、我才找不到男朋友!"

"那可说不准啊,也许明年的圣诞节你就要和新朋友度过了。"

"不会发生这种事情啦!"

等她有了新朋友,八成会先选对方吧。我心里飞过许多念头,不过这种心情我至今已经感受过很多次,早就习惯了。

"明年的圣诞节……我也想和你一起度过……"她的声音越来越小,到最后几乎都要听不见了。

别说这种奇怪的话啊。我心想。

明年的十二月二十六日,我的寿命便走到了尽头。一个圣诞节结束的瞬间便离世的人,不可能和她一起过圣诞吧?

为了不让一之濑难过,我打算在她适应了新学校的生活后便从她身边消失。

"相叶先生?"

"一年后的事情,谁知道呢?说不定我会找到女朋友呢。"

"欸……你有喜欢的人吗?"

"这……并没有。"

我只是开个玩笑,却被她凶道:"别吓我啊!"

"明年我们也一起开圣诞派对嘛。"她像闹着要圣诞礼物的小朋友一样晃着我的手央求道。

"好好好,知道了,前提是我们都没有新的朋友。"

"真的吗？说好了哦，反正我是不会找的！"

我不小心许下了一个无法兑现的诺言。

不过应该问题不大。以后，她自然会交到新朋友，别说到圣诞节了，她应该在暑假前就会离我而去。

所以，就算在今天幻想一下这种不会实现的未来，想必也不会遭报应吧。

隔天，我的寿命便只剩下最后一年。哪怕只剩下一年，光阴依旧毫不留情地流逝。

考试当天，我用力推了一把一之濑的后背，送她出门。

顺利升学的一之濑来到了我家，看到她摆脱稚气的打扮，我不知为何有些想哭。

"这都是托了相叶先生的福。"

我无数次回想起她说这句话时露出的幸福笑容。

之后，四月，一之濑进入了新的学校。

而我与她度过的日子，也越发接近尾声。

第四章

愿你忘了我

1

"相叶先生,快起床!我上学要迟到了!"

"再五分钟……再有五分钟就起……"

"刚刚你也是这么说的!"

一之濑扒掉了我的被子,阳光透过窗户照在了我身上。

舍弃寿命后的第三个六月二日,星期三,晴。

一之濑拉着我的手,将我从床上拽起来。我洗完脸,慢悠悠地打着哈欠走向客厅,被她推着后背催促道:"快点,快点。"

茶几上摆着她做的早餐。米饭、鲑鱼西京烧、豆腐味噌汤、玉子烧、纳豆,正是地道的日式早餐菜色。

我们靠着沙发并肩坐在地上。

地上铺的地毯是一之濑选的,尽管我看不懂上面的图案,不过坐在这里吃饭比在高度不合适的沙发上更方便,倒是帮了大忙。

我看了眼早上的新闻节目里显示的时间,发现才六点多。

我跟心情愉悦的她异口同声地说了句:"我开动了。"

鲑鱼西京烧完全没有煎糊的地方,肉质很嫩;玉子烧口感松软,带着甜味。最近几个月,她的厨艺明显见长。

"味道如何?"

"很好吃。"我直言道,她便腼腆地笑着吃了起来。

一之濑从四月便开始了新的校园生活,每天早上都是坐电车上学。她平日里都会来给我做早餐,时常像今天这样在我家吃完饭再去学校。

她选了一所离家很远的学校，原因是她不想碰上原来的同学。

可这却遭到了她继父的反对，一之濑好说歹说，她的继父依然坚决不允许她上离家远的学校，全然不去理解她的心情，到最后还只会骂她"你只是想逃到轻松的地方而已""肯定还想逃课吧"云云，屡次令她伤心。她也去找了母亲商量，结果对方只会向着她的继父说："你忍忍就过去了啊。"

那时，一之濑会从家里逃到我这里，甚至曾在深夜跑来哭诉。我清晰地记得自己当时说不出什么体贴的话，只能给她泡一杯速溶热可可。

我抚摸着呜咽出声的她的后背，害怕她会再次寻死。自己深夜从家里跑出来找我，加之拜托我辅导了功课，自己却不被允许参加高校自主招生考试，这些都令她过意不去，多次哭着对我说对不起。

这令我分外难受。我丝毫不在意这些，而且她每次来道歉，肯定又是在她那冥顽不灵的继父那里受了气。

然而一之濑却自己擦掉眼泪对我说："我会坚持到他同意为止。"

我宽慰她说不用勉强，结果她摇了摇头。

她用那双通红的眼睛定定地看了我一会儿，之后便依赖般地靠着我："我会努力的……再让我这样待一会儿吧。"

最终，一之濑的毅力获胜，她成功进入了报考的学校。

据一之濑表示，在她自始至终都坚持非报考的学校不去后，继父终于绷着脸答应了。升学后，她和家人吵架的频率有所减少，不过和不认同自己的继父以及总是刁难人的姐姐们之间的关系，至今仍处在冰点。

当然，一之濑本人也不想和家人搞好关系。扔掉的东西不会回来，心头的创伤也会永远残留。从她一直跑到我家吃饭来看，家庭环境八成是无望改善了。

然而，我从前担心的学校生活倒是十分顺利。

刚开始上学的时候，她看起来还心累于生活上的变化，不过她似乎逐渐习惯了，不但表示和同学的关系越来越好，而且未抱怨过。

她入学前一个劲儿地强调自己不需要朋友，老实说，这让我挺担心的。我害怕她不适应学校，又不去上学了，这可怎么办？

不过最终发现我是杞人忧天了，一之濑过上了一帆风顺的生活。如今在我身边的一之濑，已经不是那个一心寻死的少女。

刚遇见时她毫不掩饰对我的敌意，总是一副气呼呼的模样，要不就是鼓着双颊不高兴，趁我不注意便溜之大吉，都不知道让我为难了多少次。

现在的她神色温柔，气质也比以前更加成熟。

除了与生俱来的美貌，她原本纤瘦的身材也有了弧度，变得更加成熟。表情也越发开朗，笑起来的唇形无端透着妩媚。

不只是情况有所改变，她自己也在逐渐长大。以前我一直用"她还是小孩子"骗骗自己，可如今她怎么看都是一个气质优雅的女性。

我正出神，不料和她四目相对，下意识地移开了视线。

"相叶先生，头转过来，有饭粒。"

一之濑扑哧一笑，抬起手指捏掉了粘在我嘴边的米饭。

她笑起来的嘴唇红润润的，看起来柔软极了。

……不对，等等，现在不是发呆的时候。

"你！干什么？"

我后知后觉地表现出震惊，一之濑佯作不知道似的歪着脑袋表示疑惑："怎么了？"

我撤回前言，她会淡定地做出这种让人尴尬的事情，要称她为"优雅的女性"还为时尚早。但就因为这样而乱了阵脚，我感觉自己也挺不像话的。

"呀！我必须走了！"

"我来收拾，你去刷牙吧。"

"嗯，嗯！"

我收拾好用完的餐具，拿抹布将桌子草草擦了一遍，然后把待会儿要扔的垃圾袋牢牢系好，脱下睡衣换上了外出的衣服。

一之濑貌似也做好了上学的准备，她手里拿着的书包上还别了我们在水族馆的印章打卡活动中拿到的海豚徽章。

平时我都是托她上学时顺便把垃圾带下去，不过今天我没这样做。一之濑有些困惑："可是……"她顿了一下，很快便开心地微笑着说："那我们一起去吧。"

我按下按钮，等着电梯上来。如此平淡无奇的时光，我却在看到电梯从一楼慢悠悠地升上来时，不由得感到了一丝幸运。

走进去后，电梯门刚一关上，一之濑便靠在了我身上。感受到她的体温，我有一点紧张。我没有闪躲，而是带着被打扰到的表情念叨了一句"好重"，爱撒娇的她立马将身体更夸张地压过来，回应我拙劣的演技。

电梯在三楼停了下来，一之濑慌忙站立好。

"早上好。"

走进电梯的是一个穿着西装的年轻男人。一之濑躲在我身后，小声回应着对方的问好。

扔完垃圾，一之濑一副想继续刚才行为的模样靠了过来。这次我视若无睹地提醒她："再不快走要迟到了啊。"惹得她面露不满。

于是我今天也无奈地摸了摸她的头，她像是觉得很痒似的笑了起来。

"我去上学了。"

"好，小心车啊。"

我对着朝我挥手道别的她轻轻挥了挥手，她随即笑着说："我今天也是傍晚回来啊。"看着她连背影都莫名洋溢着开心的模样，我把话又咽了回去。

"唉……"

回到家，我站在墙上的挂历前深深叹息。

六月了，距离我的寿命走到尽头，只剩下半年。虽然不是所有事情都得到了解决，不过能做的我都做了。

如今在学校里也没碰上麻烦，一之濑正常上学，没逃课，甚至交到了朋友。今年以来，她一次都没有表现出想要寻死的念头。

照这个状态，哪怕我不在了应该也没问题，剩下的就是慢慢和她拉开距离，从一之濑面前消失，然后我们就能一刀两断——

本该如此的。

我将目光投向厨房里放着的便当盒，又一次叹气。

我原本计划着这个月，或者最迟下个月之前就从她面前消失，可目前的情况却不好说了。

一之濑每天都会来做早餐，她要先来我家一趟再去上学，是以需要早早离开家，还经常差点迟到。而且她在上学前还会给我做好作为午餐的便当，放学后也会来做晚餐。

这样的生活理所当然让她没时间和朋友一起出去玩。她从来没有在放学后和朋友去逛街，休息日也不和人家相约出去玩。

说是"过上了一帆风顺的生活"，但也仅限于校内的事情。

她为我做了这么多，我自然没有厚脸皮到能默不作声，像是"太辛苦了，你不用每天过来"这样的推辞，我已经说过很多次了。

可一之濑总是拿出"你不能不吃点正经的食物""我净给你添麻烦，所以想报答你"之类的理由回绝。

最终我决定既然是一之濑自愿这么做，那也没必要一个劲儿拒绝，暂时先静观其变。那时她似乎还没有适应学校生活，和家里关系依旧不睦，所以我想就算拒绝了，她还是会来我家吧。

况且死神也说了，一之濑责任心很强，虽然我从没觉得她麻烦，但如果帮我做家务能让她的良心好过些，那就随她吧……某段时间，我甚至还有这种想法。

其后果就是——我们之间的距离别说拉远了，反倒像是互相吸引般越来越近。

倘若要解释为什么会变成这种情况，那么原因就是，我太天真了。直到最近，我才意识到舍身为我奉献的一之濑对我抱有的"好感"。

大约从去年秋天开始,一之濑变得很黏人,对我的态度与她寻死那会儿判若两人。

起初我有些不知如何是好,但也没多想。毕竟她有时会在打游戏的过程中靠过来干扰我,我以为她无非就是在捉弄我,所以也没放在心上。

话虽如此,我也不是没将她当成一个女性看待。

若要实话实说,我其实也钟情于她。

很久之前,我就隐约察觉到了她对我的感情,但我一直在逃避。万一是我会错了意,那就太丢脸了;就算我的感觉正确,我们也不可能长久地在一起。假如一之濑知道了我只剩半年好活,她肯定不会为我做这些的。

我的心意,只会成为她的枷锁。

所以我一味地装傻至今,哪怕一之濑靠近我,我也会告诉自己她只是想戏弄我。哪怕是在节日收到了手工巧克力,我也只当是她从商店里买来的吃掉。我认定了她的举止皆是我的错觉,一直假装自己是迟钝地没有意识到。

我就这样无数次扼杀了自我,不停地劝说她:"你偶尔也要和朋友一起玩嘛。"

我一这么催她,她就会说:"那我就没法给你做晚饭了啊。"

我忍着心酸一直劝她去和朋友玩,她却若无其事地继续待在我身边。

仅仅是这样的对话就让我的内心五味杂陈,时而不安,时而烦躁,时而自我厌恶,都是些负面情绪,可最终却会以"安心"画上句号。

正是因为这种优柔寡断的态度，我才会不小心把她给惹哭了。

事情发生在上个月。在和一之濑吃饭时，我开口道："等下次休息时，你约朋友出去玩呗。"

"那你怎么吃饭？"

"都说了不用每天过来，你也很辛苦啊。"

"我不辛苦啊，是我自愿来的，你不用介意。"

同样的对话已经重复过好多次，所以一之濑的语气有些任性。

"就算你这么说，我还是会介意啊。毕竟你以后要在学校待四年，比起我，你应该以朋友为先嘛。"

我在嘴硬罢了，我根本不想让她优先去找朋友。

"……我过来给你添麻烦了吗？"

"不是，我哪有说麻烦？"

我拿这句话搪塞她，结果一之濑垂下了头，气氛顿时陷入了尴尬的沉默。

"上次你不是也说了同样的话？我感觉你在躲我……"

不怪她会这么想，站在一之濑的角度，我说的话听起来就是在委婉地拒绝她过来，更别说她还对我照拂有加。

"怎么可能？我就是担心你……"

"比起朋友，我更想和你待在一起。"

一之濑不安地望着我的模样，令我不知所措。

我开始有些烦躁：我们为什么非要进行这种无聊的对话啊？聊点只有我们二人的出游计划不是更开心吗？

"……而且就算我约了，人家也不会陪我一起玩的。"

"不陪你玩……是发生什么事了吗？"

我一下子急了，怕她在学校碰到了麻烦，但她摇了摇头。

"大家都有男朋友，休息日都忙着约会呢。"

我还是第一次听到她这么说。我之前那么多次劝她和朋友出去玩，她总是以要给我做饭为由拒绝。不过这也可能是为了让我放弃劝说而编的谎话。

"就、就我一个人没男朋友呢……"她用余光瞄着我，不自然地说道。

真假暂且不论，但既然她这么说，我也没法反驳。若是放在平时，我会这么想着然后偃旗息鼓，然而这天不同。

她家里的环境已经无望改善，在这种情况下让我留下她一个人，自己离世，我无论如何都放心不下。就这样进入暑假的话，到九月估计都不会有什么进展。

我十分焦急，心想如果自己真的重视她，此时就应该咬咬牙下定决心。

于是我咽了口唾沫，说出了这么一句话："你也在学校找个男朋友不就好了？"

说完，我便像打碎了花瓶般内疚，恨不得立马收回这句言不由衷的话。我在心里大喊："不，这话不是对她说的，是对桌上的味噌汤说的！"

我小心翼翼地将视线投向一之濑，仅仅是想看看身旁的她的表情，不安便如同浪潮般拍打到我身上。

去年圣诞节时，我也说了类似的话，可现在和那时截然不同。

假如一之濑真的因为这句不会感动任何人的话,而去找男朋友……

在目视她面庞的这几秒钟时间里,我简直心惊胆战,仿佛被人攥住了心脏般看向她的脸。

一之濑眼里噙着泪水,紧咬着嘴唇,泪珠从她的眼眶滑落,直直流进了我的心里。

"我才不要男朋友……"耳边响起了她细弱又悲伤的声音。

对于惹哭她一事,我并没有罪恶感。她会轻易地因为那样一句话而伤心,反倒让我如释重负。

直面她对我的情感后,我的心里一点点冒出了迟来的喜悦。既然意识到了这点,我就无法再自欺欺人了。

原来我已经在不知不觉间更在意她了。

之后的两周里,我们之间除了关系有所缓和,其他的毫无进展。

我也懒得再劝她,就这样一天天过着,没有任何办法。

今天我本来也打算对她说"放学后和朋友去玩吧",甚至假借扔垃圾的名义刻意创造了时机,最终仍是一言未发地目送她离开。

自从她开始备考,我就产生了各种各样的担心,唯独没料到这个问题。因为我一直觉得只要她交到了朋友,我们的关系就能自然而然地结束。

比起跟我待在一起,明明和同龄的朋友一起玩才更开心啊。

我凝视着卫生间镜子里自己的脸,尽管没到惨不忍睹的程度,可也没帅得敢叼着玫瑰走上街头——至少配不上一之濑。

她为什么会依赖我……这件事就算我想出了结果,也改变不了现状。如今我如果突然消失，会有什么后果呢？显然会伤到她的心。

她现在会找理由向我献殷勤，可假如她开始要求我做出回应，到时候我拒绝得了吗？

我没有信心。

都怪我一直回避她的情感，才落到了现在这个下场。

暑假到来前，我无论如何都要改变现状。

当天傍晚，我站在了一之濑学校的大门前。

特意跑到她的学校，只是为了确认一之濑到底有没有朋友。

冷静下来仔细一想，至今为止我还从没见过她的朋友。而且因为一之濑没有手机，也就没和朋友拍过照片。尽管她本人说她交到了朋友，但其实会不会没有朋友？

一之濑原本是无意结交朋友的，见她从入学起就不想交朋友，我十分担心，反复劝过她好多次。虽然我不想说些强迫她的话，但为了从她身边离开，这也是无奈之举。我劝她的时候向来谨慎措辞，可有时还是会一不小心变成说教式的语气，惹得一之濑闹脾气。如今想来，自己做的事情的确挺无情的，对此我也有所反省。

正因为这样，我才觉得一之濑很有可能是在撒谎。况且她再怎么喜欢我，总是将我放在朋友前面也不对劲。

假如我猜对了，那再劝她也只会适得其反。要想重新推敲作战计划，我最好先确认一之濑的交友情况。

在我眼前咋咋呼呼的一群男学生、在操场上来回奔跑的足球部部员，和学生时代的我相比都仿佛是完全不一样的生物。

我没来由地感到了怀念。虽然我丝毫不想回到那个时候，但看到他们，我忍不住去想自己有没有可能走上和现在不同的人生。然而再想也是为时已晚。

过了几分钟，我看到一之濑朝这边走过来。一之濑出众夺目，所以我很快就认出了她。

可定睛一看，她的两侧各站了一个像是同年级的女生，一之濑和她们正聊得兴起。

"还真有朋友啊。"

我脱口而出，心里涌上了一股和放心截然不同的情绪。我决定打道回府，不再看下去，准确地说，只是用衔尾蛇银表回到自己还待在家里的时间而已。

正当我要从口袋里掏出衔尾蛇银表时，突然和一之濑四目相对。

意识到是我的瞬间，她的表情一下子变得阳光明媚，挥着手朝我跑过来。

"相叶先生，你怎么到这儿来了？"

"就是……有点事……"

刚才陪在一之濑身边的两个人也从她身后跑了过来。

"这就是传说中的相叶先生吗？"

短发女生目不转睛地看着我的脸，中长发女生则满脸好奇地问道："哎，你觉得月美怎么样？"

不习惯这种情况的我有点……不，是无措极了。

"喂！喂！你们别这样啊！"

一之濑也被这突发事件弄得不知所措，但两个女生根本不愿从我身前离开。

"月美,你不是也想知道吗?多好的机会!"

"就是啊。所以关于月美,你是怎么想的?"

两人一个劲儿地往我这边凑,我顶不住她们的视线攻击,回答了一句:"我觉得她很可爱……"结果她俩一齐尖叫起来。我恨不得立刻回溯时间钻进被窝里。

"太好了,月美!人家没讨厌你!"

"他夸你可爱呢!"

一之濑的脸颊肉眼可见地逐渐漫上红霞。见状,连我都感到了难为情。

"我和相叶先生不是那种关系啦!"

一之濑像是要盖过二人的声音般大声否定,遭到否定的二人迷茫地面面相觑。

"那你们是什么关系?"短发女生说道。中长发女生带着一脸期待答案的表情连连点头。

"我和相叶先生是……"一之濑说到一半,似乎卡壳了,转而向我求助,"我们应该算什么关系啊?"

看到这一幕,两个女生窃笑着在一之濑背后用力一推。

"呀!"一之濑失去了平衡,身体倒向了我这边。

两个人笑着跑掉了,不如说她们就是逃之夭夭。

"月美!今天你和相叶先生两个人回去吧!"

"要是回去晚了,我们会帮你给家里打电话的!"

"啊!回去时一定要买红豆饭①!"

"我也是!"

两个人风一般跑没影了。

回去的路上,我们都无法直视彼此。

"明天我会跟她们说清楚的。"

一之濑表情郁闷,脸上还残留着少许红晕。

"你真的交了朋友啊?"

"……难道你一直在怀疑?"

"差不多吧。你也不和朋友出去玩,我以为你在骗我。"

"我怎么会是在骗你啊!"

她气鼓鼓地举起拳头不停地捶我的肩膀。她打得倒是不疼,但路人的目光扎得我疼。

"毕竟你之前都不想交朋友啊。"

"因为你对我说了好多次要与别人交朋友,我才努力了啊!"

"我错了,我错了!我就是担心你嘛。"

我受不住路人的目光,向她道歉,一之濑这才放下了手。

"我……就这么孩子气吗?"

一之濑握紧了垂下来的手,抗议般地看向我。她的表情看起来仿佛在生气,又仿佛是失落。

"你不是经常说让我去和朋友玩嘛,我害怕你是在躲我,就和她们两个谈了谈。结果她们笑着说因为你把我当成了小孩子……"

---

① 在日本是一种寓意吉祥的食物,会在一些值得庆贺的日子里食用,例如成人礼、婚礼等。——译者注

原来她们是因为这个才知道了我。

"怎么可能啊？我反而要感谢你每天来给我做饭，但我不希望你因此交友不顺。站在我的角度，自然会这么想吧？"

一之濑低着脑袋默不作声，似乎不接受我的说法。

"你跟那两个女生的关系应该不差吧？"

"是啊……"

"那下次你们三个一起去玩呗。"

一之濑露出了为难的神情，我谎称自己偶尔也想一个人悠闲地待着，她才轻轻"嗯"了一声。

这是她第一次点头，可我却开心不起来。明明我们两个都不希望事情变成这样，真像个傻瓜一样。

"你不用管我，应该珍惜和朋友相处的时间。"

"嗯……"

"还有，出去玩需要钱的话就跟我说啊，我给你。"

"嗯……啊！你又把我当小孩子！"

一之濑再次鼓着双颊靠到我身上，于是我装作很困扰的样子嘟囔了一句"好重"。

这样的互动，我们还能重复几次呢？

唉……又来了。

今天，那句话也在我的脑海里一闪而过。

"假如我没有舍弃寿命……"

2

"昨天你一个人寂不寂寞？"晚饭吃到一半时，坐在我旁边的一之濑问道。

"也没有，还好吧。"我低下头喝起味噌汤，躲开她的视线。

"是吗？"一之濑闷闷不乐的声音从旁边传来。

舍弃寿命后的第三个六月三十日，星期三，阴。

那天之后，一之濑开始逐渐和朋友玩到了一起。

前段时间她还会为了做个早餐过来我这里，放学后和朋友逛完街也会来做晚餐，现在则经常一整天都不来我家。

她只要像这样慢慢降低来我家的频率，我们两个应该就能自然而然地拉开距离。

在我觉得进展顺利的时候，现实却没这么简单。

这几天，她常常问我"寂不寂寞啊"或者"一个人会不会碰上麻烦"之类的话，而且次数越来越多。我当然明白她的言下之意，她在说这些话的时候同样清楚我听懂了她的意思。

换言之，一之濑渴望回到以前的生活。

而且只要观察一下她的言行就能感觉到，她是为了不让我操心才去和朋友玩的。看似和朋友亲亲密密，但她在休息日前一天总是会向我提议："我们去哪儿转转吧。"

这本不是值得高兴的情况，可我却感到了安心，真是令人羞愧。

"你要优先陪你的朋友。"

第四章　愿你忘了我

　　这句话曾经是我的救命稻草，现在这种冠冕堂皇的理由也不能再用了。如果再说些要和她拉开距离的话，大概又会伤到她的心。

　　洗完晚饭的盘子后，一之濑躺到了床上。

　　我全当没看见，坐在床边上打开了掌机。

　　"打什么游戏呢？"

　　坐在我旁边的一之濑凑了过来。碰到她的身体后，我反射性地远离，她却一边说着"我看不到了"一边靠得更近。

　　"明天不是还要上学，你该回去了吧？"

　　"我还不想回家。"

　　紧挨着我的一之濑调皮地笑出了一口白牙。

　　"最近这个房子里的游戏变多了嘛。"

　　听到这话，我心里一动，最终还是沉默着继续打游戏。

　　"好像恰好是从我和朋友出去玩之后开始增加的呢。"她刚一说完，我就在游戏中犯了一个平时不会犯的低级错误，"Game Over（游戏结束）"了。

　　一之濑看着这行文字，像是要故意勾起我的情绪般微笑道："果然还是很寂寞吧。"

　　"没有的事。"

　　"我还想着给你当对手呢。"

　　我点了"继续"，然而手上的操作比刚才还要烂，体力值掉得飞快。

　　她说中了。一之濑不来的日子里，我无所事事，无聊透了。

　　于是我看到口碑不错的游戏就买，一个人闷着头玩个不停，但内心总是感觉很空虚，我仅仅是在利用游戏消磨时间罢了。她不来的日子里，我打游戏时还会一次次地看时间，甚至感叹就不能将时间快进到第二天吗？

我也想每天和她见面，想带她出去玩，想两个人共进晚餐。甚至有时会想，反正我也只剩半年寿命了，干吗不在生命的最后随心所欲呢？目前虽然勉强克制住了自己，但我也不知道能撑到什么时候。

前几天发生了一件奇怪的事情。

我正看着电视，这时一之濑坐到我旁边握住了我的手。我和她四目相对，仿佛被吸引住了一般彼此看得出神。

回过神来时，我慌忙躲开了她的手。一之濑遗憾地摩挲着自己的手指。她那时的表情令我一直无法忘怀。

我以为一点点减少两个人相处的时间，我和她就能自然而然地分开，真是大错特错。在见不到一之濑的日子里，我深刻体会到了她的存在对我来说是多么大的救赎。恐怕她也是一样。

能待在一起的时间有限，使得我和她都万分珍惜二人相处的时间，其他时间便敷衍了事。如今能见到一之濑的日子感觉比圣诞节更像是特殊之日。仅仅几天不见，难过就会堵满我的胸口。

志趣相投的我们，每天都像是被吊着胃口，以至于关系反倒迅速拉近。一之濑想要延长这有限的时间，说自己还不想回家。我则故作平静，不把真正的心思写在脸上。

我们两个都清楚这是一场闹剧。相互试探的阶段早就过去了，如今只要哪一方向前微微迈出一步，估计就能轻而易举地戳破我们之间那堵脆弱的薄墙。

最终，六月结束了。我和一之濑依旧保持着联系，而我的寿命也只剩下了半年。

3

舍弃寿命后的第三个七月四日，星期日，晴。

这天我和一之濑约好了在市里的车站碰头。

"这个星期日，我们去哪儿转转吧。"

一之濑如是向我发出了邀请。我明知不能再和她有拉近距离的举动，却还是一口答应了下来。

回想起来，我们最近没什么机会出去玩。一个我在心里安慰着另一个我：把这次当成是最后的回忆，好好享受就行。然而听到这句安慰的我却没信心能拒绝她下一次的邀请。

"相叶先生，不好意思，我迟到了。"

一之濑朝我跑过来，她的打扮让我不由得又看了一眼。白色的露肩上衣，黑色的牛仔热裤。她穿得和平时截然不同，看起来很清新，又很成熟。这身衣服特别适合她，但我又忍不住操闲心：腿露出来这么多没关系吧？

"怎么了？"

"感觉……你今天和平时不太一样呢。"

"你说这衣服吗？我昨天和朋友去购物了，人家帮我挑的。穿着是有点难为情，但毕竟是久违地和你相约……出来玩……"

她害羞地笑了笑，让我不敢直视她的面庞。

这会儿是上午九点，接下来我们要坐电车去附近一座知名的动物园。

我只在小学组织远足的时候去过动物园。一之濑听我这么说了之后十分吃惊，顺势便说："那就去动物园吧。"

坐在电车上时，谁也没有特意张口，但我好几次都和一之濑四目相对。

出了车站的检票口后，没走一分钟我们就看到了动物园。

入口的正门处有一座巨大的大象雕像，一之濑看到后笑着说："是大象的'像'呢。"我付了两个人的正价入园费，穿过正门。

我们先从入口沿着道路行走。天气晴朗，不是很热，这种天气散步可以说再适合不过了。在蜿蜒的道路上走着走着，我意识到周遭的目光都集中在了一之濑身上，她本人却毫无所觉。甚至有一对来约会的情侣，男方的眼睛粘在一之濑身上，于是脑袋挨了身旁的女朋友一记爆栗。

走过了写有"非洲园"三个大字的招牌后，动物们逐渐映入了眼帘。

一路上，一之濑看到了休息在阴凉处的薮猫，观察了长颈鹿和斑马并排吃饭的模样，还边走边望不肯扭过脸面对我们的猎豹。

动物园里必不可少的狮子巴士也在这个区域，我们便坐了上去。然而这辆巴士上画的分明是斑马，称之为"狮子巴士"颇为别扭。

车一开，里面的喇叭就开始讲解有关狮子习性的小知识。它们一天似乎要睡十五个小时，听到这里，旁边的一之濑悄声笑着说："跟你好像哦。"

事先说好,我一天可没有睡到十五个小时啊。

狮子走到了巴士附近,我激动地以为它们是因为车身上的斑马图案才过来的,结果它们只是为了来吃挂在巴士外侧的肉片。

一之濑刚开始还对着走过来的狮子挥手,可在它们来到跟前后,她便把手缩了回去,害怕地看着狮子。见状,我伸出手指对着她的侧腹一戳,她随即尖叫着蹦了起来。下了巴士,一之濑对着我的侧腹戳来戳去,我向她道了有八次歉。

"哟,有小浣熊呢。"

"相叶先生,那是小熊猫啊。"

亚洲园区里有小熊猫和梅花鹿等动物。

用鼻子摘下食物吃掉的大象、五彩缤纷的鹦鹉、睡在树洞里的鼯鼠、打着哈欠的雪豹……我们将各种各样的动物都看了一圈。

一之濑抬头看向沿着半空中的钢索爬行的红毛猩猩,我则一直盯着旁边的解说牌看,上面写着"红毛猩猩是一种独自生活的动物"。

突然,一之濑戳了戳我的肩膀。

"怎么了?看你表情不太好。"

"没事,我刚才在看这个。接下来去哪儿?"

"那边好像有猫头鹰,我们去看看吧?"

说着,她拉起我的手。总有一天,这只手不会再拉住我,而是拉住别人。希望在我死之前不会看到那样的场景出现。

我在动物园里瞎想什么呢?这说不定是我和一之濑出来玩的最后一次回忆了啊。

我们在动物园里的咖啡店吃完了午饭，之后跟着地图走向了昆虫园。昆虫园是一座圆顶形的建筑，听说从空中看的话是一只蝴蝶的形状。

"还是别去了吧。"

从咖啡店出来之后，一之濑就一直扯着我的衣服，因为她不喜欢虫子。我无视她的阻拦，拖着揪着我的衣服不撒手的她一起，径直走进了昆虫园。

一如从外面所见到的那样，昆虫园上方确是玻璃铺就的圆顶。由于是个温室，这里很暖和，四周种满了树木和鲜花，不抬头看天花板的话估计会误以为是室外。

这座巨大的热带植物园里放养着两千只蝴蝶，仅仅在跟着指引往前走的途中就有许多种类的蝴蝶飞入我们的视野。我们还看到了之前从未见过的蝴蝶，以及它们用吸管状的嘴巴吸食花蜜的模样。

偶尔还会有亲人的蝴蝶在我们的肩膀上驻足。光是看着这些蝴蝶，一之濑还能接受，可每当蝴蝶停在她肩膀上时，她就会浑身僵硬地向我求助。

蝴蝶在她周围来回飞舞的画面，看起来梦幻极了。

话说回来，我记得死神曾把我们比喻为"没有翅膀的蝴蝶"。然而，现在的一之濑已经不是什么没有翅膀的蝴蝶了，我相信，她今后仍然会不断改变。在和形形色色的人相遇，拓宽了视野之后，眼前的她应该就会变的。包括对我的感情。

以后哪怕我不在了，她自己一个人也能飞到任何地方。

我再逞强，也还是会忍不住冒出诸如此类充满留恋的假想——

如果我没有舍弃寿命,我们又会变成怎样的关系呢?

假设我没有和死神做交易,没有轻生,在一年后的圣诞节同样来到了那座桥上。这时一之濑过来了,却因为我的存在放弃寻死回了家。过了几天,我又在桥上遇到了她,我们看了看彼此,但没有说话。此后,我们企图寻死的时间依旧会偶然重叠,好几次在桥上相遇。这样的日子不断重复,其间我们意外地聊了起来,成为一起出游的伙伴。

然后,我们……

再想也只是浪费时间。要是没有衔尾蛇银表,我们根本不会变成现在这样的关系。

事到如今,做这种妄想也不能让我的寿命恢复如初。

离开昆虫园,我们走向了大洋洲园区,给躺在地上的袋鼠拍了照片,摸了鸵鸟蛋。

我们就这样走着走着,天空渐渐染上了红霞。

最后,我们进入了一栋写着"考拉馆"的建筑。走在昏暗的走廊上,隔着玻璃可以看到一片宽敞的空间,考拉就在里面。然而我们只看到了一堆像是供考拉攀爬的纤细树木,却不见关键主角。仔细找了半天才发现,这里仅有的一只考拉正背对着我们,双爪抓在树上。

据附近的饲养员介绍,它的同伴在不久前离世了,只剩下了这一只考拉。这么大的地方只有一只考拉,不由得让人感到冷清。

"刚才那只考拉孤零零的,看起来好寂寞啊。"走向正门的途中,一之濑嘟囔了这么一句。

当时饲养员难过地表示,日本拥有的考拉数量太少了,很难再补。

那只考拉也许要独自在那里生活下去了。

我正想着，一之濑突然握住了我的手。

"怎么了？"

"我想到自己已经不再是一个人了，突然觉得很安心。"她微笑着握紧了我的手。

"你能交到朋友真是太好了。"

"什么意思？"

"就算我死了，你也不会像那只考拉一样变得孤单——"

"相叶先生！"我还没说完，一之濑便开口打断了我，"就算是开玩笑也不要说这种话！"

一之濑沐浴在夕阳之中，脸上满是不安，看起来快要哭了。

"假设罢了，别当真啊。"我笑了笑，一之濑却垂下了头。

"仅仅是想到你不在了……我就觉得好可怕。"

"太夸张啦，我不在了，你自己也没问题啊。"

一之濑摇头否定："我不想再失去重要的人了，而且我对你……"

她踌躇着是否要将后面的话说出口。见状，我一把将她的头发揉乱。

"表情别那么严肃嘛，你在学校里也有了一席之地，只管抛下我去玩就好了。等以后才想起来后悔自己没有尽情享受青春，那可就晚咯。"

我自己也不知道有没有成功地像平时那样用半开玩笑的口吻说出来。

停了片刻，一之濑才温柔地叫了我一声。

"相叶先生，我不会后悔的。"

她的声音一点都不大，可听起来却充满了自信。

"我爸爸也常说不用来探病，去和朋友玩吧。确实，如果我听了他的话，和朋友一起玩，可能就不会受到霸凌了。但是……我没有后悔。"她顿了几秒，接着开口，"所以，只要你不觉得麻烦，我就想……一直待在你身边。"

我和一之濑目光相接，她看上去很羞涩，笨拙地笑了笑。

不行了，压抑已久的感情就要从我的内心深处迸发出来。我真想独占这个只有我能看见的微笑，直到永远。

回过神来时，我已经将"我也是"脱口而出。

"我也是，想和你在一起。"

这些话万万不能说出口，我却停不下来。

"今年我也想和你一起去看烟火，一起过圣诞节。不仅是今年，明年、后年也是！"

我还是说出来了，将这些说不定会败她兴致的话说出了口。

"那个……相叶先生？"

"怎、怎么了？"

"……好难为情啊。"

我有点想笑。惹得我说了这么多，结果感想就是这样啊？

"我真的可以待在你身边吗？"

"真的。"我答道。

"不骗人？"

"不骗人。"我答道。

"说定了？"一之濑注视着我的脸问道。

"嗯，说定了，无论发生任何事情，我都不会从你面前消失。"我看着她的眼睛，坚定地说完这句话。

之后我们没有对视，只看着彼此的影子往回走。

如果我不用骗她，而是能发自真心地说出这些话，那该多好；如果我们能就这样在一起，那该多幸福……即便想象出了可能拥有的未来，梦想也终究是梦想。

我应该早点断了和她之间的关系。原本心想只剩下半年时间，和她多待一阵子也情有可原。

生命的最后就可以随心所欲？真是愚蠢的想法。不是从一开始就清楚自己死了之后她会有多难过吗？怎么能在最后的关头留下人生最大的污点？

我松开一之濑的手，从口袋里拿出衔尾蛇银表。

我决定回溯时间，抹消今天发生的一切，然后在下一次见面时，和她正式告别。

无论我用什么方式告别，或许都会伤到她的心，可再这么下去，我只会令她更加痛苦。最重要的是，我绝对要避免因为死亡和她分开，我不想让她再次经受父亲离世时的悲伤。

我真应该干脆利落地和她说再见，这么理所当然的事情，我早就一清二楚，然而我却没能说出口。

我一直害怕和她一刀两断。

留给我的时间不多了，我不能再逃避下去。

一之濑，抱歉。

我闭上眼睛,向衔尾蛇银表许愿,希望她能幸福。

"相叶先生,你怎么了?"

睁开眼睛,一之濑就在我面前,周围的景色丝毫没有变化。

"啊……没事。"

我又试了一次,还是没变。

怎么回事?无论我怎么尝试,时间都没有倒转。

4

舍弃寿命后的第三个七月十八日,星期日,晴。

这天白天,我独自来到了公园的草地。

就是和一之濑一起看烟花的那片草地。我在草地中央的大树下面吹泡泡,之后怔怔地望着那些飘在空中的肥皂泡,叹了口气。

在发现不能回溯时间之后又过了两周,我还是没有切断和她之间的联系。

后来我又试了好多次,银表都毫无反应。而且我打开银表的盖子一看,表针都消失了,只剩下了表盘,它甚至都没法作为一块普通的表来用。

至于不能回溯时间的原因,我依然没搞明白。

我是听说过银表容易坏,但这块表可不是日本百元店里卖的那种廉价怀表,这是我用寿命换来的,坏了的话可不仅仅是不方便用那么简单。

　　我很想向死神投诉，但除非她主动现身，否则我连一句抱怨也没法说。既然她在观察我，按说她已经清楚我想见她。死神一直不出现，令我十分心急，可如果这就是她的目的，那我的反应算是正中她的下怀。

　　还是说，死神出了什么事情？毕竟她那种人，被人从背后捅了刀子也不稀奇。

　　如果说是因为她出了事才导致衔尾蛇银表不能用了，那我的寿命会不会有可能恢复……我有一些小小的期待。

　　然而我的身体里依然残留着舍弃寿命时涌上的那股空落落的感觉。自从那天起，我就一直觉得缺失了什么东西，所以我的寿命估计还是只剩半年吧。

　　我必须和一之濑断了联系，这点不管死神发生了什么都不会变。

　　我仰躺在野餐垫上，沐浴着从树叶缝隙间洒下的阳光思忖：到底要如何才能将分别说出口啊？我绞尽了脑汁也想不出一个温和的告别方式。

　　都已经下定决心了，却还是这样狼狈。

　　问题本身就够严峻了，又碰上无法回溯时间，简直是雪上加霜。毕竟我已经做出了那样的约定，要是再对一之濑说些"不能再相见"之类的话，这无疑会成为最糟糕的告别。

　　早知如此，我就应该趁着还能回溯时间的时候采取行动。

　　最终我还是没有任何头绪，傍晚时分，我回了家，却发现门没有锁。

我心下一喜：难道是一之濑来了？可我记得她说过今天要和朋友出去玩，不过来了。

走廊昏暗，每个房间都没有开灯。我有些失落地想，原来只是我忘了锁门。然而客厅里隐约可见一个人影，我战战兢兢地打开灯。

"你来啦。"

站在我面前的是一之濑……不，是死神。她的声调和往日不同，我能感觉到她是在刻意装可爱。

但对于知道死神原本声音的我来说，这就跟人偶突然开口说话一般令人毛骨悚然，带给我的只有恐怖感。买来囤货的薯片如今就剩了个空袋子，躺在桌子上。

别擅自吃别人的东西啊。

"什么'你来啦'，你这是私闯民宅！"

"别摆出那么可怕的表情嘛，我只是提前排练一下。"

"排练什么？先别管这个，我没法倒转……"

死神伸出食指压住我的嘴角。

"待会儿再说，今天来是有东西想让你看看。"

她命令我叫了一辆出租车，我还没来得及休息就又被她带出了门。

坐在出租车上时，我很想问问她关于我不能回溯时间的事情，然而这事到底是不能在司机面前开口的，于是我只能沉默地看着窗外。

过了一会儿，我们在离家颇远的一个家庭餐厅前下了车。车门刚一打开，死神便逃也似的下了车，以至于车费最终落到了我头上。

"不是有东西想让我看吗？"我一边沿着陡峭的楼梯往上走一边问道。

死神表示："马上你就知道了。"

这里的一楼是停车场，二楼的大门是出入口，就是那种随处可见的家庭餐厅。

她想让我在这种地方看什么？要说家庭餐厅，那我家附近也有啊，特意选到这里，就是为了多坑我点车费？

"欢迎光临！"

一进店里，服务员就用活力十足的声音向我表示欢迎并微微鞠躬。在和她四目相对的瞬间，我便理解了死神到底想让我看什么。

"相叶先生……你怎么在这里？"

站在我面前的居然是打扮成服务员的一之濑。她穿着缀有花边、粉白相间的工作服，目光躲躲闪闪。我同样无法掩饰内心的震惊。

"你……一直在打工？"

我才知道她在打工，可她压根儿就没提过想打工的事情。到底是从什么时候开始的……而且她今天不是要和朋友出去玩吗？

一之濑轻轻点点头，难为情地说了句"我领二位去座位上"，便迈开了步伐。往座位走的路上，一之濑频频朝我这边看过来，但当我和死神面对面坐下来时，我才反应过来她其实是在看死神。

"要点单的时候……请按铃。"一之濑逃也似的转身离开，死神随即窃笑出声。

"你还不知道吧？就在最近，她开始在这儿打工了。"

我连想都没想过一之濑会在家庭餐厅里打工，但她为什么要将这件事瞒着我呢?

死神估计和平时一样看穿了我的内心,于是回答:"她是为了给你买礼物才开始打工的,精神可嘉呢。"

随后,死神露出了一副感动了的模样,紧接着恶俗地大笑:"但是被我给抖出来了。"

我计划着之后要和她一刀两断,可她竟然准备给我送礼物……

"你是故意为了给我找不痛快才带我过来的?"

"怎么会呢?我只是想帮你啊。"

"帮我?"

"没错,就是看你后悔舍弃了寿命,才来帮你的。"

死神确实是这么说的。

我后悔?我立刻想否定她的话,她却笑嘻嘻地抢先一步表示:"我再说一遍,你已经后悔了。

"最近,你是不是屡次产生'要是没有舍弃寿命就能永远和一之濑月美在一起'的想法?毫无疑问,你对舍弃寿命一事感到了后悔。"

正如她所说,我的确多次冒出了这样的念头,但是……

"我就是想了想假如自己的寿命不是只剩下半年会怎么样而已。如果没有银表的力量,我根本不会和一之濑相遇,这仅仅是我的设想而已。"

"不,你并没有释怀。如今你不是还在妄想,就算没有衔尾蛇银表,说不定也能和她相遇?"

被人偷窥着脑海中的一切令我心生不悦,但我依然反驳:"我是想了，但只要错过了一次，我们之间的关系就会以死亡画上句号，想来是不可能变成现在这样的。"

"真的？你真的能肯定地说她除了轻生，不会有别的未来吗？"

我确实也想过，只要偶然不停地发生，就会迎来不一样的未来。既然有过这种妄想，那被认为是后悔，我或许也无可奈何。

"不过你后不后悔，于我是无所谓的，但衔尾蛇银表判断你是'后悔了'。"

"银表判断的？"

"后悔舍弃了寿命的人，银表是不会听他们的话的。"

"意思是……后悔了就不能回溯时间了？"

"没错。"死神云淡风轻地说道。

我火道："你不早说！"

"我已经给过你忠告了啊，是你信心十足地说'决不后悔'，我才没说嘛。"死神一脸恬不知耻地说，"大部分人在关键时刻发现无法倒转时间，都会陷入恐慌，观察他们惊慌失措的模样才是我的乐趣所在。而你真的太没劲了，让我好失望。"

"知道吗？就因为回溯不了时间，我跟一之濑才许下了那样的约定。"

一开始就知道的话，我就不会说那些令人感到羞耻的话了啊。

"话说回来，你还对她说了'希望你一辈子待在我身边'呢。"

她明明一清二楚，还故意装模作样地模仿我。

"我没说到这一步。"

"意思不都一样？"

第四章　愿你忘了我

死神将呼叫铃按个不停，露出了无耻的笑容："所以我才来帮你嘛，就当是赔礼道歉了。"

一之濑过来点单，她一直拿余光瞄着死神。我点了林氏盖饭，死神则要了焗蜗牛。

"餐点就要以上这……"一之濑话还没说完，突然——

"哎，亲爱的，我明天也能去你家吗？"

这句连那些笨蛋情侣估计都不会说的话，竟出自眼前的死神之口。她强行挤出了可爱的声音，但还是令人难以接受。

"你胡说什……疼！"

桌子底下，我的小腿被狠狠踢了一脚。

"人家讨厌每天见不到你，想多和你见见面嘛，亲爱的。"

我说真的，别这样。你不是有读心术吗？肯定能听到我说的话，别这样好吗？！

一之濑面色苍白，一言不发地离开了我们这里。

"你冷不丁地说什么啊！"

"我是在给你和她断绝关系提供借口啊，还不快感谢我？"

我没听懂她在说什么，略一思索后僵在了原地。

"……你不会是想让我以交了女朋友为理由和她开口告别吧？"

死神扬扬得意，脸上写着四个大字：正是如此。

"……就算是假的，我也不想找你当女朋友。"

"我才不喜欢你这种没骨气的男人。"

周围都是带孩子的家长、结伴来吃饭的高中生，一片说笑声中，只有我们这桌弥漫着诡异的气氛。

"再说你那种蹩脚的演技,她能相信吗?"

"她信了啊,在领我们到座位上之前,她就在怀疑我是你的女朋友了。再配上我精湛的演技,她现在貌似还没有整理好情绪呢。"

真的假的啊?我有些怀疑,不过一之濑刚才的确一脸煞白。

"说到底都怪你是个胆小鬼,才会变成现在这样。"

"……胆小鬼?"

"对,你就是胆小鬼。因为你没勇气和她断绝关系,我才试图让她主动离开。如果你一开始就直面她的心意,用适当的措辞拒绝,那就不会走到这一步了。"

"没尽早采取行动,我也觉得自己有错。可这样就是只顾结果,要想不伤到一之濑的心,我只能一点点和她拉开距离。"

我不想在她适应学校生活之前添乱。我在脑海中辩解。

"拉开距离,最终你打算如何?"

我支支吾吾地答道:"办法很多啊,比如搬家之类的。"

"万一她问了你的联系方式,那怎么办?"

"那就……"

"别拿她当挡箭牌,我想你心里清楚,不管是什么样的告别方式都会伤到她。就算和你联系不上,她也会一直等着你的,就像忠犬八公那样。"死神自顾自笑着说。

我无视了她,思考自己应该怎么办。这样告别真的合适吗?就没有其他方式了吗?

"不过毕竟是你的人生,就算想在仅剩的时间里和她一起度过,别人也不会骂你的,谁让你是个后悔舍弃寿命的可怜的胆小鬼呢?

但是……"死神继续道,"她已经失去了亲生父亲,要是再失去你,我想她肯定会一蹶不振。是要拯救自己的人生,还是她的人生,选择权在你。"

其他服务员代替一之濑上了菜,死神随即不紧不慢地吃起了蜗牛。我没什么胃口,吃了一半就停下了。

之后,死神说着"去洗手间"便离开了座位,再也没有回来。

过了一会儿,我结了两个人的账,一个人走了回去。

我仰躺在床上,一直在自问自答,反反复复思考已经得出结论的问题。

晚上八点左右,我听到玄关大门打开的声音。

一之濑走进客厅,喃喃道:"我来了。"

"怎么了?"我问出了这个答案明显的问题。

"今天和你在一起的女生……是你的女朋友吗?"一之濑哽咽着,却还是努力组织语言。

她一动不动地盯着沉默的我,仅仅几秒钟,一之濑的眼眶便一点点漫上了泪水。

房间里充斥着静谧,只能隐隐听到吸鼻子的声音。

一之濑抬起手擦掉眼中流出的泪水,笑着轻声说:"对不起,我没有意识到,我不太懂这方面的事情。"

她竭尽全力挤出的笑脸刺痛了我,她现在看起来脆弱得仿佛轻易就会碎掉,让我不忍直视。

"不是……她只是我的朋友,在搞恶作剧而已。"

我还是选择了否定。然而即便如此，她依旧没有开心起来。

"那……以后我还能来找你吗？"

我一时语塞，踏不出最后一步。我总是如此，在关键的时候就是踏不出最后一步。舍弃寿命的那天也是如此，如今没有任何变化。

我捏紧拳头咬咬牙，张开嘴说了出来。

我告诉一之濑："你别再来了。"

一之濑停下擦拭眼泪的指头，手垂了下来。

"上次不是有个上班族上了电梯？他好像当时有些起疑……你看，要是学校里有了奇怪的流言，你也很困扰吧？所以……"

这种逼不得已的谎言，不可能骗到她。

"……可以一起出去玩吗？"

"那个，还是尽量避免……比较好吧。"

"……说得也是。那偶尔打个电话……"

"电话也……最好别打吧。"

我摒除了一切杂念开了口，但还是抑制不住内心不断升起的罪恶感。

一句"抱歉"从我嘴里脱口而出。

我听到泪珠滑过她的面颊，"啪嗒"滴到地上的声音。我不敢确定是不是耳朵听到的，但我的确听到了这个声音。

没有人说话，唯有时间在流逝。然而，结束就这样突如其来。

"之前多谢你的关照，再见。"

看着她走向玄关的背影，我又一次不停地自问自答：这样真的好吗？这种告别方式真的可以吗？

眼下还来得及，从身后抱住她，将迄今为止的事情和盘托出，她肯定能理解的。这可是最后的机会了。

与一之濑相处的回忆如同走马灯般浮现在我的脑海：将她一路抱到家庭餐厅、一起看电影、在游戏厅打游戏、从水族馆回来时露出的灿烂笑容、在公园里吹泡泡……

不，我不想以这种方式分别！

"一之濑！"

她在玄关前回过头，我这才意识到自己开口叫住了她。

看到她哭花的脸，我猛然清醒过来。

我难道还想再把她惹哭一次吗？为了一个所剩寿命不到半年的人，还要再让她受一次伤害吗？

"你站在那儿等我一下。"

我拿着早就准备好的信封，在玄关前递给一之濑。鼓囊囊的信封几乎要被撑破，里面塞的，是一大捆钞票。

"有了这些，要是你不想待在家里了，也能找个地方打发时间。"

但一之濑没有收下，就像那天一样。

"我不需要这种像分手费一样的钱。"一之濑呜咽着，泪水从她的眼中滑落。

"不用客气，之前你帮我做了那么多次饭，这就相当于谢礼……"

我意在安慰她，可她的眼泪却停不下来。

"我……不是想要钱啊！"

她和那天一样抬手挥开信封，逃也似的跑出了我家。

信封掉落在地，里面的钞票被震得散了出来。我立刻穿上鞋子朝着门把伸手,但最终没有握上去。

她离开后,房间里静得可怕。

现在,我终于意识到了自己的后悔。

心口泛起的这种痛楚,也许正是对于舍弃寿命的悔意吧。

5

舍弃寿命后的第三个八月二日,星期一,雨。

一之濑不再来我家,已经有两周。

那天之后,我几乎每天都闷在家里,除了去附近的便利店囤食物,出门的次数寥寥无几。吃饭就用方便面或速冻食品对付,偶尔也会点比萨之类的外卖。那天我把掉在地上的钞票捡起来后,直接递给了外卖员。事到如今我也压根儿不在意别人会怎么看我。

睡觉,起床,吃饭,睡觉,起床,吃饭……每天如此重复,没有丝毫干劲。

就算衔尾蛇银表又能用了,我也没必要再回溯时间了吧。回到过去,也只是徒增见不到一之濑的时间而已。

啪嗒啪嗒的雨声传入我的耳朵。最近,我每天都在回想往事。

小时候,我一直有种自己很强大的错觉。

一出生便被遗弃的我,幼儿时期是在儿童福利院里度过的。我在那里从来不哭,也不会说任性的话。记忆里,每次看到令辅导老师为难的小孩子，我都会自以为是地觉得自己更像个大人。

可实际上，我就是个傻孩子，比别人都爱做梦。我很容易受到虚构故事的影响，尽管我不相信英雄、神奇力量等东西存在，但一直认为在这个世界上，努力和忍耐必然会有回报。我相信家人之间的牵绊，或者说亲情有着特殊之处。

或许是出于对孤儿的照顾，福利院里没有以家庭为主题的绘本，本来我应该是和后者无缘的，然而，我偶然看了一部讲述亲情的动画，导致我近乎向往一般对此深信不疑。

我坚信家人之间的牵绊会将所有人紧紧维系在一起，剪也剪不断，我始终期待着有一天父母会来接我。

身边的大人也不可能和蔼耐心地告诉我"你是被遗弃的孩子"，因此我便一直傻傻地痴心妄想。

某天，有个和我同龄的孩子哭了，好像是因为想见自己的父母。这个哭泣的孩子是有父母的，估计是因为住院了，或者别的什么原因，才被托管在了福利院。

年轻的女老师安慰哭闹不止的孩子："只要你做个好孩子，妈妈就会来接你的，所以要忍住哦。"

这话分明不是对我说的，我却记在了心里。可能因为无休止等待的生活令我感到苦闷，我开始认定当个好孩子也是一种努力，打那天起我便会帮老师拿东西，或者安慰哭泣的孩子。这样的话，总有一天我一定能和父母相见。我翘首以盼那天的到来。

可最终来接我的不是亲生父母，而是养父母。

"以后要多多关照了哦。"

看着朝我温柔微笑的养父母，当时年仅五岁的我有些无措——要是和他们亲近起来，感觉就像在背叛我的亲生父母。况且当时的我已经理解了对方要接我回家当养子是什么意思。

养父母向我展露的笑容里满是期许，这让我很害怕。我怕亲生父母来接我时会毁掉他们的笑容，光是想想就让我一阵揪心。所以，我选择了和养父母保持距离。

养父母的确给了我所期望的东西，但我一直视若无睹，要么是不给反应，要么是在他们过来的时候跑到其他房间。渐渐地，他们也开始不再靠近我，八成是对我这副完全养不熟的模样一筹莫展。

之后上了小学，我很快交到了朋友。那时我依旧在不断地"行善积德"，比如帮老师的忙、把卷子送到请假的同学家里等，是以我在班里很受欢迎。除了在纸笺上写愿望那件事，直到二年级我都没有遇到任何问题。

事情发生在刚上三年级不久，朋友之间流行起了按完门铃就跑的恶作剧。

包括我在内的五个学生，每天会选出一个人去按陌生人家的门铃，然后立马开溜。我其实并不想玩这个游戏，但我不敢在小团体里独自提出反对意见，于是就势加入了他们。

我忘不了按下门铃的瞬间内心的反感，很像是踩到了掉在路边的知了时的心情。我感觉从前自己做的好事都化为了泡影，一种罪恶感涌上我的心头。轮到我按门铃的那天晚上，我躲在被子里不住地道歉。

在下次该我按门铃之前一定要想个办法……这样想着想着，我有了个主意。

第二天在决定谁去按门铃时,我主动举起了手。我们平时在玩这个游戏的时候,都是在确认其他四人离开了一定距离后再按门铃。所以我计划着自己可以让他们四个先跑,随后再装作按了门铃的样子,这样既能保住面子又不用做恶作剧。

事实上,这个方法十分顺利。

几个人一起跑的脚步声非常大,因此他们四个先跑起来便听不到我按门铃的声音。无人发现门铃根本没响,我每天都争着当按门铃的人,打算就这样干到他们腻了为止。

然而我这番虚晃一枪的行为很快迎来了终结。

原因就在于我装得太一丝不苟了,进行过程中被其他同学看个正着,向班主任告了状。我们被叫去了办公室,自然是挨了批。一连几天都去"按门铃"的我也成了重点批评对象,当着众人的面,我自然不可能说自己一直是在假装按门铃,就这么忍到了最后。

这件事也传入了养父母的耳朵,我刚到家,他们就训了我一顿。

我站在骂得面红耳赤的养父母面前,一言不发。面对不分青红皂白便教训我的养父母,一股阴暗的情绪从我的内心深处逐渐涌出——你们又不是我的亲生父母。

就因为是养父母,他们才会骂我。如果是亲生父母,肯定会在批评之前先问清缘由。况且要是亲生父母,我应该早就能和他们商量这件事了。

我当时还是太年幼,而且挨骂对我来说也不是家常便饭。我怕万一在这种时候说出了真相,他们仍然会指责我"都怪你没有一开始就作罢"之类的，那我甚至会失去仅剩的底牌，无法守护自己的内心。

我希望不用我解释他们就能理解我，所以我在心里不停地重复：我没有错。

就这样，我将无处宣泄的心情归咎于家庭环境，以此来保护自己。估计还有很多像我这样的人，只要有一丝能辩解的余地，便将其化作巨大的盾牌把自己伪装起来，意图守护自己的内心。

然而我过于相信、过于尊重这块盾牌。我开始觉得自己必须比身边的人更加不幸，才能保护这块盾牌不生锈。也是从那天起，我开始和养父母唱反调，看到全家一起出游的人也会妒火中烧。

在扮演不幸者的过程中，我渐渐真的变成了那个不幸的人。

每次去朋友家里我都会想：为什么他们什么都没有做，却能拥有亲生父母，而我却得不到回报？我嫉妒他们把拥有家人当成理所应当的事情。因为他们和我这种被父母嫌弃，不讨喜的小孩所生活的世界是不一样的。

到了小学高年级，教室里的聊天内容也变了。

大概从五年级开始，周围的同学都在互相吐槽自己的父母。在我听来这就是在炫耀，好几次我都差点说出"至少你们有父母啊"。

慢慢地，我和朋友也拉开了距离，等我意识到这点时，自己早已受到了孤立。

小学最后一个暑假开始前，我才对被孤立一事有了危机感。

然而，尽管我焦虑地认为这样下去不行，可那时我与养父母之间的关系已不可能缓和，朋友也不会再回到我身边。假如我主动靠近，或许会有所改善，但当时的我还没有强大到敢于面对现实。

我终于接受了自己是被父母抛弃的孩子。

然而为时已晚，长期孤立于人群之外，让我已经不知道该如何交朋友，于是我总是独来独往。有段时间我干脆自暴自弃，反正自己也不想和那些咋咋呼呼的同学搞好关系，而且渐渐习惯了一个人待着，所以觉得被孤立也挺好的。

可过了一段时间，我便感到了无边的寂寞，孤独感充斥着我的内心。

我纯粹是在逞强罢了。我不想要一堆朋友，只想要一个知己，想要一个独一无二的好朋友来拯救我，让我能把过往的事情全部说出来。

但任我再怎么在心里苦苦哀求，也无人搭理我。

后来，我已经认命了，觉得自己的生活不会发生改变。然而这样的我却找到了一个聊天对象。

有次去校外学习，我在大巴行驶途中晕了车，于是留在车里休息。

我一边努力忍着呕吐感一边心想：比起集体行动，兴许还是一个人更自在。这时，我发现还有一个女生也在车里休息。

她和我同样容易晕车。车一开起来，我们两个就同时难受，所以我们经常一起行动。两个人互相鼓励打气，令我有些开心。

有了这个开头，我们在学校里也说上了话。

她家是刚搬来这边的，所以她也没有朋友。虽然她有点内向，但性子并不阴郁，是那种有朋友也不稀奇的人。

每到休息时间，受到孤立的我们便挨在一起聊些微不足道的小事。说是聊天，但我又没什么话题，都是在听她说罢了。渐渐地，我们之间的关系越来越近。连我自己也觉得自己太容易放下戒心，可是想想我的过去，这无疑是个好兆头。

在那之后又过了一段时间，我冒出了一个愚蠢的念头——或许，我可以将自己的成长经历告诉她。换言之，我想用被父母抛弃一事博取她的同情，吸引她的注意。

多没出息啊，但我已经压抑不住对于友情的渴望。我从来没有袒露过真心，我很想跟值得信赖的人倾诉一次。

和她待在一起时，数不清有多少次，话都涌到了嘴边。然而就在我犹豫是否该说出口的那段日子里，她身边的朋友变得越来越多。

周围的人终于发现了她的魅力，一到休息时间，她身旁就会围满同学。我只能远远地看着对我来说已经遥不可及的她。

估计很早之前，她就期望融入大家了吧，其实也不是真的想和我说话，一切都只不过是我的一厢情愿。

自认为在对方的心里无可比拟，但这段关系在人家看来却无关痛痒，这种情况太常见了。

我根本不可能成为她心里的第一位，从我听到的那些聊天内容就能明白。她聊的都是自己的初中啦，和家人出去玩啦之类的事情，就算是回忆也都是些欢快的内容。

与之相比，我只会听她说话，还险些把自己晦暗的成长经历告诉她。谁会想听别人说自己被父母抛弃、在学校被孤立的事情啊？

想来我再次被孤立，也是毫不意外的结果。

我走在街头时，总能看到被父母牵着手的小孩子。他们不需要有任何可取之处就能被父母放在心尖上。我一直向往这种无偿的爱。

但我觉得自己已经不可能拥有了，我也没有余力从现在开始努力。

我唯一剩下的，就是那块光洁如新却派不上任何用场的盾牌。

这样的人生，还有继续下去的意义吗？

前几年，我动了轻生的念头。

每每走上那座桥，我都想要跳下去，但总也踏不出最后一步。我心里还有着小小的期待：活着也许就会碰到意外之喜。

然而没有任何好事发生，只有枯燥又痛苦的时间在慢慢流逝。

接着，到了三年前的圣诞节，我遇到了死神。

我用寿命换来了衔尾蛇银表，实现了理想生活。

可是好景不长，就算过上了理想生活，我的内心依旧空虚。料想是因为无法掩埋自身的孤独吧，唯独这点是即使倒转时间也绝对不可能实现的愿望。我从一开始便直接放弃，因此我也想不出银表能用在其他什么地方。

直到我遇到了一个一心寻死的少女。

起初我被折磨得够呛。那一百万日元让她开始彻底讨厌我，我就一直追在她身后。她完全不会认真听我说话，我只能追着她跑。

见一之濑走累了坐到公园的秋千上，我也在旁边坐下继续劝她。

"……你怎么知道我的行踪？"

"等你放弃寻死了就告诉你。"

"那不用告诉我了，请别再妨碍我了。"

她总算开了口，结果说的就是这些。照这个情况，我很担心自己是否真的能成功阻止她。有好几次我都打算放弃，然而只要一看到有救护车往桥的方向开，我就会下意识地搜索相关新闻以确认她的安危。

"不孝子""最近的年轻人太不珍惜生命了"……一之濑自杀新闻的评论区里总少不了这类肆意揣测的留言。我甚至能看到诸如"她是不是找不到人谈心啊?""干吗不逃走啊?"这样的评论。

在我看来,这些评论都没有触及根本。

这种问题要是和别人谈谈就能解决,那我早就帮她解决了。

"你以为真的有地方能让她当成避难所吗?"

我把这句话发到评论区,正打算回溯时间时,猛然想到:没有避难所,给她造一个不就好了?

"又是你啊。"

"今天要不要去哪儿玩?"

"……啊?"

我决定带一之濑出去玩,我希望她能忘掉那些烦心事,哪怕只有片刻。

最开始的时候我想着应该去个安静一点的地方,于是选择了爬山,结果她并不满意。她会趁着我在观景台上用付费望远镜看风景的时候溜走,或者进了茶铺也不愿意点单。

我怀疑这么做是否真的有意义,差点就要放弃。可见她吃馅蜜[①]时的表情那样幸福,我又决定再坚持一下。

后来我又带她去了各式各样的地方,我们之间的对话也自然而然地多了起来。

[①] 以寒天粉、红豆沙、黑糖浆、水果等搭配而成的日式甜品。——译者注

第四章　愿你忘了我

尽管我是想让她开心，可跟一之濑待在一起时，连我自己也忘却了烦恼。一之濑也反过来拯救了我，所以我才会连着二十次阻挠她轻生。

一之濑对我坦白一切，决心放弃寻死的时候，我真的特别高兴。我们二人一起度过的时光，无疑是我唯一能炫耀的宝藏。

遗憾的是，我和她最终以那种方式告别。

是我的判断失误了。我以为一之濑也会像我曾经的同学那样，从我身边说走就走。没想到一之濑始终不愿意离开我，我也对她起了爱怜之心，不想放手。

是我的软弱，招致了那样的结局。

我不禁感慨：到了最后的最后，还真是狼狈啊……这样的我，已经几乎没什么能为她做的了。

如果一之濑还对我抱有好感，哪怕仅余一星半点，我也不希望她知道我的死讯。为此我需要寻觅一处遗体不会被发现的地方。

所以，我必须为了她，选择死亡。

倘若这样能为一之濑月美换来永远安稳的生活，那还是挺值得的。

然后——愿她能忘了我。

今天，我依旧在为她的安宁祈愿。

第五章

决心告别的青年

1

舍弃寿命后的第三个八月二十一日，星期六，阴。

拉开窗帘，灰蒙蒙的天空一望无际。

看着外面阴沉灰暗的风景，我却感到了刺眼。我有多久没有像这样眺望过窗外的风景了？

客厅里布满了灰尘，电视机和遥控器都蒙上了一层浅浅的白膜。厨房里随意堆放着方便面之类的包装盒，一次性筷子被扔得乱七八糟。

我环顾了一圈了无生气的房间后，叹了口气。

一之濑之前来到这间房子的情景，如今想来就像是假的一样。

"我……不是想要钱啊！"

距离我们分别那天已经过了一个月，我还是没能成功寻死。

我必须找个不会被发现遗体的方法，我能想到的就两个选项：在大山深处上吊或者从悬崖边跳海。想来都没办法轻松解脱。

在寿命耗尽的前一刻去一个不会有人关注的地方，也许能不受痛苦地死去。可是死神并没有告诉我具体会怎么死，有可能临终时依旧要经历折磨，或者身体从圣诞节前就开始无法动弹。

我一直想着要趁还能自主行动的时候自我了结，这也是为了瞒住一之濑。可到现在了，我还是没死，一天天在世上活着。

曾经我也下定了决心，准备去远处的大山里。然而乘电车前往郊区的路上，我不由得看了一眼手机相册，当时也没想太多，似乎就是想在生命的最后再看看在动物园里拍的照片。

结果手机相册里显示的都是些我毫无印象的照片，上面全是我的睡脸，拍摄日期也不尽相同。看到拿睡着的我当背景，比着剪刀手自拍的罪魁祸首的笑脸，我瞬间觉得无比眷恋。

　　回过神来时，我已经坐在了车站的长椅上，抖着手紧握着手机。特意为寻死下定的决心也不见了踪迹，甚至我都不知道这东西当初是不是真的存在过。

　　自那天回了家之后，直到今天我都没有行动。

　　我已经不打算再去见一之濑了，她应该也不想再见到我。暑假也快过完了，没准儿她已经有了十分要好的朋友。

　　我已经没有了活下去的意义，可又求死不能。

　　这就是所谓的人间地狱吗？很早以前我就觉得自己的人生一无是处，可也没有痛苦到如此地步。说不定那会儿都算是幸福的了。

　　冲完澡，已经过了下午五点。我换上外衣，把钱包和手机装进口袋，之后拿着钥匙，踩着掉在玄关的几张钞票换上了鞋。

　　去年和一之濑看的烟火大会，今年也如期举办。

　　今天就是放烟火的日子，也是我人生中参加的最后一次烟火大会。这是我从童年开始每年唯一期待的活动，所以我想在死之前再去一次。

　　一打开玄关的大门，暑气扑面而来，不过天气倒也没那么热。我回头看了一眼黑漆漆的家，突然觉得自己再也不会回来了。

　　我走在街上，头顶的天空像是随时要哭出来，身边的行人都拿着伞。我用手机查了天气预报，傍晚开始貌似会下大雨。烟火大会极有可能停办，但我也没选择回家。

越接近公园，人流量越大，天色也越来越暗。周围人有的在祈祷不要下雨，有的在聊活动停办的话如何是好。多亏了这个天气，我感觉今年的观众比去年的要少。

雨在我进公园前就滴滴答答下了起来，不仅没有要停的意思，还越来越大，当我走到草地上时，雨水已经变成了预报中的大小。我出门时没带伞，冰冷的雨水砸在身上，转眼就被淋得湿透。

"由于下雨，今日烟火大会停办。"公园各处的喇叭播放着活动停办的通知广播。

周围的观众你一言我一语，像是早就料到了这个结局。也有一脸遗憾的小孩子，被爸爸用"还有明年呢"安慰着。

我跟着成群结队的游客往出口走去。其中有家长，牵着撑了一把小伞的孩子往前走；也有情侣，挤在一把伞下商量着接下来去哪儿。周围人都撑着伞，唯独我被淋成了落汤鸡。

在旁人看来，我这个唯一不打伞的人估计很滑稽吧，这才是真正变成了如同失去翅膀的蝴蝶那样的异类。

就算他们都撑着伞，我也能从他们的背影感受到这点。不，或许正因为撑了伞。

人们被动地将彼此间的关系展现出来，而独自一人浑身湿透的我，混在其中又算什么呢？不会有人愿意把伞分我一半。这是自然，哪有人会让一个陌生男人躲到自己伞下呢？即便是我，也不会想把伞分给别人。

可我又不禁心想：哪怕有一个人愿意让我到伞下躲雨也好啊。

自从开始和一之濑出去玩，我觉得世界变得温柔了一些，我甚至有一点喜欢上了曾经那个冷冰冰的世界。可那些只不过是我的错觉，如今才是现实。不会有任何人出手相助。

瓢泼大雨在我身上砸个不停，反倒让内心的孤独异常明显。

现在的我，似乎无所不能。

也许，我想看的本就不是烟火，而是这一幕。我想留下凄惨的回忆，然后对自己的人生彻底死心，所以我才在出门时没有带伞，就是为了激发出自我毁灭的念头。

我一直无意识地在心里等着今天。

要寻死，唯有今天，错过了这个机会，我可能就要永远逃避下去了。

我的脑海里浮现出了她的笑容。真想在最后再看她一眼啊。我遗憾地心想。

接下来，我就要去——

自我了结。

走出公园时，我下定了决心。然而与此同时，雨停了，可雨声却与刚才无甚变化。往前看，雨势依然猛烈，往上看，一把伞撑在了我的头顶。

我来到了某个人的伞下。

是谁？

这种事想都不用想，因为在这个世界上，只有一个人愿意让我躲到她的伞下。

"相叶先生，果然是你啊。"

一之濑撑着一把白伞凝视着我的脸。

"你……怎么在这里?"

"这话该我问你啊,你都湿透了。"

她颇为无语地拿出手帕帮我擦脸。

"你一个人来的?"

看起来是一个人,身旁没有其他人。

"是啊,你也是吗?"

"显而易见啊。"

"我以为你肯定是被女朋友甩了,伞也被人家拿走了。"

一之濑扑哧一笑,收起了手帕。

"都说了我跟她只是认识而已。"

我想从她的伞底下出来,却被她握住了湿漉漉的手不放。

"我送你回家。"

那把伞被塞进了我手里,我反射性地接了下来。一之濑全然不在意我浑身湿透的模样,搂住了我的胳膊。她的体温温柔地触及我冰冷的身体。

"……被你学校的同学看到该误会了。"

"我倒是想被误会呢。"

一之濑坏笑着,像以前一样夸张地将身体靠到我身上。这样的回答令我无从反抗,最终被她拽着胳膊走回了公寓。

我有些安心,不只是因为看到她这样有精神,还因为她对我的态度一如从前,让我在心里松了一口气。我一直以为自己肯定被讨厌了。

"回去路上注意安全啊。"我在公寓的入口和她道别。

再这样继续和她待在一起,我们的关系恐怕会恢复如初。

可她却跟在了我身后。

"我想把落在你家里的东西拿回去,可以吗?"

我不记得在家里看到过像是她落下的东西,不过她用过的餐具和牙刷等倒还放在原处。她那时是突然被我逼走的,说不定有想在自己家里用的东西。

最终,我还是让跟着我上了楼的一之濑进了房间。同样,掉在玄关地上的钞票和堆在厨房的方便面桶也没逃过她的眼睛。

"相叶先生,你有在好好吃饭吗?"

"无所谓吧。比起这个,趁着天色还不晚,你拿了东西就回去吧。"

背后冒出不满的声音:"哪里无所谓了!不吃点像样的食物会把身体搞坏的!"

我无视了爱管闲事的一之濑,径直走去冲澡。不料当我洗完澡出来时,一之濑还在房间里。

"你还在啊?"嘴上这么说,我心里想的其实正相反。

"对不起,我说有东西落下是骗你的。不这样的话,我想你是不会让我进房间的。"

我看着悠闲地坐在沙发上的一之濑叹了口气。她笑得天真无邪,说出的话却好似胡闹:"所以,我今天想住下来。"

"'所以'个头啊,肯定不行啊,再说衣服之类的怎么办?"

"啊,我是真的有东西还放在这里。我把睡衣和毛巾藏了起来,就是为了能随时留宿,以防万一。"一之濑得意地从闲置房间的衣柜里拿出了一个我没见过的袋子。

"以防万一"是什么意思啊?

"借用下淋浴哦。"她说着就要往洗手间走,被我拦了下来。

"拿着这些东西赶紧回去,要是传出了奇怪的流言怎么办?"

我已经在妥协的边缘,但还是拼命地想劝她回去,她却拒不退让。

"你不说,是传不出流言的。"

一之濑带着宣告胜利般的笑容走向洗手间。

过了一会儿,她穿着睡衣出来了,笑着问我:"我们玩点什么?"

"不玩,我睡了。"我说完这几个字便钻进了被窝。

"我是特意来找你玩的啊!"我听见了她的抱怨,不过房间里的灯很快就被关上了。

听到一之濑窸窸窣窣的动静,我立马转身背对着她。

"去睡觉。"

"太黑了,我什么都看不见啊。"

她在我身后笑着。

月光洒进屋子里,此情此景和我阻止她第二十次自杀的那个夜晚如出一辙,唯一不同的是身后的她和我之间的距离。

"相叶先生,前段时间你在做什么?"

一之濑好像并不困。

"为什么一个人被淋湿了啊?"

"感觉你没什么精神啊。"

她问了好多诸如此类的问题,我装作睡着了,没有回应她,她却喋喋不休。

"上次我站在黄线外面，结果被车站工作人员教训了一顿。"

听着一之濑开心的语气，我不由得回了一句："为什么要这么做？"

"我以为如果作势要跳轨，你说不定就会来妨碍我，结果却是工作人员先来了。而且我在桥上站了好几个小时你也不来……说真的，我好失落啊。"

身后话音响起，接着一之濑柔软温热的身体贴近了我的后背。

"我真的会寻死哦。"一之濑蛊惑般说道。

"你不是跟我约好不再寻死了吗？"我用这句话拒绝她的蛊惑。

"不是你先打破了我们的约定吗？"

她的语气里带着点小脾气。

"我想死的心情现在仍然没变，只是想着既然你会陪在我身边，那我就再坚持一下吧。

当时拜托你给我辅导功课，单纯是为了和你相处找理由。上学是想让你夸我，做饭是为了吸引你的注意。

从那天起，我的一切努力都只是为了得到你的夸奖啊。你可真过分。"

一之濑对我近乎荒谬的情感，让我无法自拔。

可即便如此，我也必须反驳她。

"我没你想的那么厉害。可能对于你来说，年长的人都很了不起，但你不应该待在我这种差劲的人身边。"

一之濑生气了："你又把我当小孩子！"

我回道:"你就是小孩子啊。"

"总之,你现在只是产生了误解。"

"那你来告诉我呗。你把觉得自己差劲的原因挨个告诉我,我来判断到底你是厉害还是差劲。"接着她又悄声呢喃,"我会连你差劲的地方一起接受的。"

这句话在我这个正心痛的人听来,完全是致命的诱惑。我心中泛起一股从未有过的感情,几乎要将一切的一切都说出来。

但我还是闭上嘴忍住了。

我和抛弃我的父母不一样,不会为了自己的幸福让重要之人的人生白白断送。我已经这样坚持到了现在,如今不能再倒退回去。

"……这种事怎么可能告诉你,我要睡了。"我沉默了好几分钟才说道。

身后传来温柔的声音:"改天一定要告诉我哦。"

内心的挣扎久久无法平静,我甚至无力摆脱她。

我感受着这一切,渐渐闭上了眼睛。

那一天,我被一心寻死的少女妨碍了自我了断。

2

舍弃寿命后的第三个八月二十二日,星期日,晴。

睁开眼的瞬间,我就和一之濑四目相对。

"早上好。"她笑眯眯地从上方探头看着我。

看来是一直在看我的睡脸。

对于错失了绝佳的寻死机会，我没有太过焦虑，反倒是昨晚的事情不是在做梦让我放下了心。

我也懒得再去想接下来要怎么办，干脆缩进被子里再睡一觉。

"我饿了，我们去哪儿吃点东西吧。"

我的被子很快被她掀开，回笼觉貌似睡不成了。

我拖着半梦半醒的身体走向卫生间，刚洗完脸，一之濑便像期待散步的小狗般看着我。昨晚什么都没吃就睡了，这会儿我也是腹中空空。没办法，我只好换上衣服准备出门。

一之濑领着我走向了家庭餐厅。

时间还是上午，外面又闷又热，嗡嗡的知了声十分吵闹。

平时我绝对不会在这样炎热的天气里出门，但仅仅是多了一之濑在身边，便让我有种走到任何地方都没问题的感觉。如果她能就这样永远陪在我身边，那每天的生活该有多幸福啊。用银表实现的理想生活此时倒是相形见绌。

走进附近的家庭餐厅，我们坐到角落的沙发上。开了空调的餐厅倒是凉爽，餐厅里没什么客人，我们在向服务员点过餐后，服务员很快便上了菜。

"你总是点林氏盖饭，很喜欢吃吗？"

"也许吧。"我含糊地回答。

"那我下次做做看。"

一之濑扬起了不惧困难的笑容，我从她身上移开目光，舀了一勺盖饭说道:"我和你今天就是最后一次见面了。"

我拿眼角偷瞄着她。不同于我的预想,她反倒露出了微笑。

"为什么呀?"

"因为……万一被别人知道了会有很多麻烦。"

一之濑扑哧一笑:

"可能是会有麻烦。

"既然没法见你,那我不然就去死吧。"

她看着窗外事不关己般自言自语,像是在故意说给我听。

"就算是开玩笑也别这样说。"

"我不是开玩笑啊,见不到你,我就没了活下去的意义。"她大大方方地说道。

这样满不在乎的态度,又让我看到了以前动不动就轻生的她。

"要想阻挠我,那你就必须到死为止都一直监视着我才行呢。"

"这肯定是不可能的,总之,不管是见面还是寻死都不行。"

我这样说完,一之濑直截了当地说:"我拒绝。"

她直勾勾地盯着我,气质和以前不太一样。

"我啊,其实任性又爱撒娇,以前我都把真实的自己藏了起来,怕被你讨厌。你和其他女生来我打工的餐厅时,我很受打击。我一直很后悔,早知道自己应该更主动一点,免得被别人捷足先登。所以我决定在我们下次见面时要尽情撒娇、使小性子,让你为难。"

"因此……"一之濑喝了口橙汁,又补充道,"就算你说不行,我也要去见你,你不愿意见我的话,我就选择死亡。

"做好心理准备哦。"她笑得一脸天真,向我宣战。

"随你的便。"我唯一能做的便是搬出这句场面话。

隔天早上睁开眼,我又对上了一之濑的目光。

"早上好。"

我被笑眯眯的一之濑吵醒,像往常一样蒙上被子,又像往常一样被她掀了被子。

她开心地笑着:"今天要不要去看电影?"

"反正又没什么想看的……"

我夺回被子再次盖好,但再次被她扒了下来。

"我有想和你一起看的电影!答应我吧,去嘛!"

一大早,一之濑便兴致高昂,她抬起手指轻轻戳了戳我的脸颊。

"行行行,别戳我。"

"好耶!"

最终,今天也被一之濑拉着出了门,一起去看了电影。

3

舍弃寿命后的第三个九月十五日,星期三,晴。

从那之后,一之濑便每天都会来我家。

暑假结束开学后依然没变,我们又回到了以前的状态。

我说了不要来她也充耳不闻,总是不愿意回家。我已经没有闲心再费劲将她赶走,拖拖拉拉着便活到了今天。

第五章　决心告别的青年

于是我计划在这一天趁一之濑来我家之前留下一封写有临别之言的信，然后离开家门。

一之濑说过我不和她见面，她就要寻死。所以以这种方式消失，我其实有些担心。

但反正到了十二月二十六日，我逃不了一死，是以我便赌她不会轻生，早点离开才是为了她好。

不料，这一天一之濑来得比往常还要早。

"今天不去上学吗？"我如是问道。

一之濑表示今天是建校纪念日，放假了。

"相叶先生，我们今天去游戏厅嘛。"

她双手抓着我的胳膊，使劲要把我从床上拽起来。

"快点，快点！"

"我自己起来，别拽了。"

一之濑拉着我来到的游戏厅，正是我以前和她去过的那一家。

我们站在射击游戏前打丧尸，配合默契程度远超上次。丧尸被一个接一个地击退，我们紧张得手心出汗，拼死一搏，就这样打到了最终 BOSS，终于顺利通关。

"我们成功了！"一之濑兴高采烈地抱住我，我也开心过了头，回抱住她。估计在旁人眼中，我们完全就是一对笨蛋吧。

后来我们又玩了赛车游戏、飞镖、击球、推钱机等，从游戏厅出来时，绚丽的夕阳已经染红了天空。一开始我还兴致缺缺，可不知不觉便忘掉了寻死，沉迷在游戏中。

顺便一说，飞镖比赛我依旧是连败。

回程时顺路去了趟可丽饼店,我们俩都买了巧克力鲜奶油可丽饼。我有些怀念地想:上次也是这样边走边吃地回家了。

"前段时间我买了特制混合水果味的,挺好吃的。"

"好吃的话你刚才应该买那个味道啊。"

"我买巧克力鲜奶油味是有深层原因的。"

"深层原因?"

"我想和你吃一样的东西。"

一之濑翘起了沾着鲜奶油的嘴角。

4

舍弃寿命后的第三个九月二十八日,星期二,晴。

我下定了决心,这次一定要从家里离开,因此我要在一之濑来叫我起床之前就行动。我本来是这么计划的。

早上,我在床上睁开眼便感到了异样。我感觉重得要命,正想掀被子就发现一之濑正压在被子上呼呼大睡。

"你……干什么啊?"

我把一之濑晃醒,一看时间,已经过了九点。

比起手机闹铃没响,倒是一之濑没去学校,还在床上赖着这件事更让我困惑。

"你不用去学校吗?"

"今天是建校纪念日。"

第五章　决心告别的青年

"你们学校一年有几次建校纪念日啊？"

我捏着一之濑的左右脸往两边拉。

"今天不想去学校。"她细声细气地说道。她的状态让我也有了睡意，离开家的决心也被瓦解。

我在她的头上来回抚摸，过了片刻，她轻轻打了个哈欠，直起身子。

"今天去水族馆吧？就是上次和你去过的那个。"

一之濑说着，今天也牵起了我的手。

我们坐上了一辆几乎算是包车的列车，在确定没有其他乘客后，一之濑倚到了我的肩膀上。在和她重逢前，我从没想过还会有这样的日子，如今能像这样和她待在一起，仿佛是在做梦一样。我感受着依偎在我身上的她的体温，反复确认自己是否真的身处现实，不知不觉间到了目的地。

进入水族馆，一之濑挽住了我的胳膊，我没有推拒，和她在水族馆里逛了起来。

"有那么多的鱼，应该会有受到排挤的吧。"一之濑抬头望着在水族箱里游动的一大群沙丁鱼说道。

"巧了，上次来的时候我也有同样的想法。"

"如果我是沙丁鱼，肯定就是被排挤的那个。"

"毕竟你在游泳池里都不肯游泳啊。"

"我不是这个意思。"一之濑面露不满。

我错了嘛。

"就算我变成了沙丁鱼，你也要来拯救我哦。"

"可救了你,只有两条沙丁鱼也活不了吧?"我用鼻子哼笑一声。

"不会的。"一之濑却摇了摇头,"两条鱼可以相互鼓励着活下去。为了不被你丢下,我会拼命向前游的,你记得要夸夸这么努力的我啊。"

"这算是相互鼓励?"

"等你变坦率了,我也会好好夸你的。"

"什么啊?"

水中折射出的摇曳光线包裹住我们的身体。

"如果真的变成沙丁鱼了要一起游泳啊,就我们两个。"

"好好好,如果我们真能变成沙丁鱼。"

仰望着沙丁鱼群,我突然觉得,那样的活法说不定也不赖。

5

舍弃寿命后的第三个十月六日,星期三,晴。

"相叶先生,你差不多该告诉我了吧?"

一之濑望着公园草地上方交相飞舞的肥皂泡问道。

"告诉你什么?"

我坐在铺在树荫下的野餐垫上,朝着草地吹泡泡。

"我想让你告诉我你差劲的地方啊。"

"怎么还在好奇这件事啊?"

这一天我同样打算踏出家门,却正好在公寓走廊里撞见一之濑,于是被她拉到了公园。我们坐了天鹅船,喂了鲤鱼,又在草地上打了会儿羽毛球,最后两个人吹起了泡泡。

每天过得如此安逸,让人根本想不到再过两个月我就要死了。

然而在这份平稳的衬托下,更凸显了她翘课一事。今天她又没去学校,而是与我待在一起。

"比起这个,我更担心你啊。你是不是在学校遇到了什么糟心事?"

"没有啊,为什么问这个?"

"这段时间你是不是休息得太多了?"

"嗯……"一之濑想了想,躺在了野餐垫上。

"我只是想尽可能和你多待一会儿嘛。"

"不如去找你的同学玩啊。"

躺在野餐垫上的一之濑露出了意兴阑珊的表情。

"在学校我总是觉得孤独,甚至比以前更加频繁。没有人知道我曾经不上学,也没人知道我和家里关系不好。所以就算交到了朋友,学校里也没人了解真正的我。"

我还是第一次从她口中听到对于学校的抱怨。我也有着相似的人生,所以早就猜到她应该会有这样的烦恼。

可我担心的不是这个问题。

她打了个大大的哈欠嘟囔道:"有点困了。"随后她闭上了眼睛。

风吹动了她的刘海,我盯着她恬静的睡脸看了一会儿,不由自主地摸了摸她的脑袋。

还没睡熟的她闭着眼睛扬起了微笑。

6

舍弃寿命后的第三个十月十日，星期日，阴。

这一天，我来到了一之濑打工的家庭餐厅。我来这里不是为了看她干活儿，而是来找人确认某件事情。

穿着工作服的一之濑难为情地不时往我这边瞄，我的目光追随着她的身影。突然，两个女生朝我搭话。

"啊，是月美的朋友。"

"是相叶先生吧，你在这儿做什么呢？"

跟我说话的两个人是上次在校门前见过的一之濑的朋友。

"还能做什么？肯定是来看月美的啊。"

"除了这个也不会有别的了吧。"

两个人互相笑着一唱一和，我忍不住吐槽。

我是有事情想问她们，并非和她们约好了碰面。只是听一之濑的描述，她俩貌似经常来这家餐厅，休息日也会来拍一之濑穿着工作服干活儿的模样。尽管一之濑本人一直表示太羞耻了，让她们别拍……

"我有事情想问你们。"话一出口，两个人便来了兴趣。

"什么事，什么事？"

我开始向她们询问起来。

7

舍弃寿命后的第三个十月十二日，星期二，晴。

我决定在这一天将临别的书信放在桌子上，赶在日出之前离开家。我还在信里暗示了自己将乘坐头班电车。

凌晨三点，并不是一之濑会来我家的时间。

平时我都会带上钱包和手机，不过今天我什么也没拿便走向了玄关。我换好鞋，一打开门——

眼前是抱着膝盖坐在地上睡着的一之濑。

公寓走廊里睡着一个女生，任谁看到都免不了被吓一跳吧。可我一点都不惊讶。我早料到了会发生这种事，所以才什么也没拿就出了门。

我晃了晃熟睡的一之濑，把她叫醒。

"相叶先生……"她揉着眼睛东看西看，似乎立刻便明白了是怎么一回事。

"这是……那个……"她竭力想要解释。

我带着她漫步在夜空下，走到了往常那座桥上。我感觉在这里能将任何事情都说出来。

耳边是哗啦啦的流水声和虫鸣，正值深夜，桥上比平时更加静谧。一之濑长长的黑发在风中飘舞。

我手搭在栏杆上望着远处的风景，并没有看她。

"我是离家出走……没错，我是离家出走来找你了！"她像是忽然想到了理由，开始向我解释。

听起来太牵强了。

"那你进来不就好了？"

"我就是觉得……你还在睡觉，吵醒你不太好……"

一之濑笑得很不自然，我问她："烟火大会那天，你为什么在那里？"

"……什么意思？"

虽然她又反问了我，但看起来她已经意识到了我问这个问题的意图。

"我问过你的朋友了，那天你们似乎约好了在家庭餐厅聚会。"

一之濑原本和朋友约好了要去烟火大会，可天气预报上显示那天有雨，因此她们三个在烟火大会的前一天改变了主意，转而决定在家庭餐厅聚会。

然而当天，一之濑却没有来。三人约好的时间要比我和一之濑不期而遇的时间早一会儿，事后一之濑表示自己突然有急事没能过来，向她们道了歉。

她当然没去家庭餐厅，那个时间她正和我同撑一把伞，跟我回了家，能去就怪了。

一之濑为什么会出现在远离约定地点的公园？

答案很简单。因为她事先就知道了我会去那里，而且她对我行动的预知还不仅仅是那一次。她还知道了我打算出门，恐怕先前都是像今天这样一直坐在门前监视着我，以防我半夜离开家。

而到了早上，她进来便会来这么一句："我今天不想去上学。"然后拉着我的手带我去某个地方玩。

换言之，一之濑提前知晓了我的行动，有意识地在妨碍我寻死。

我问在一旁沉默不语的一之濑："你什么时候和死神做的交易？"

除此以外，我想不到别的。任凭她再怎么说想和我待得时间长一点之类的话，但要一次接一次地出手阻挠仍是不可能的——除非她能读心，或者能倒转时间。

"到底是露馅了啊。"一之濑一改方才的态度笑了起来，从口袋里掏出银表。她的银表和衔尾蛇银表如出一辙，唯一能找到的不同之处就是表盖上的衔尾蛇的朝向。我的银表是朝右的，而一之濑的是朝左的。

两块银表摆在一起，看起来就像是两条蛇互相咬着对方。我曾在网上见过这个图案，这正是真正的衔尾蛇。

和我推测的一模一样，衔尾蛇银表有两块。

"就是在烟火大会那天。其实，那天你已经死了。"

我一直认为死后应该也不会立刻被发现，可有一个人却能通风报信。只要能读心，就能轻而易举地知道我会选择在哪里轻生，甚至可以在我行动之前告诉她。

从一开始，死神的目的八成就是这个。如今想来，那种家伙何来助人为乐一说？她就是为了和一之濑做交易，盼着她重新变回一心寻死的少女，才会来假扮我的女朋友，打破我们的关系。

一之濑看着手中的银表说道："死神小姐把这块表拿给我看的时候，我就全明白了，因为它像极了你的银表。我终于知道你为什么总能抢在我前头阻挠我，也终于知道你为什么要从我面前消失了。"

"既然你都明白了，为什么还要做交易？你应该知道我的寿命已经所剩无几了吧？"

"那还用问吗？"听完我的话后，一之濑莞尔，"因为我想再见到你，这次就由我来阻挠你。我还想再去各种地方玩呢。"

一之濑说话时神采飞扬，让人根本想不到她舍弃了自己的寿命，也全然不见后悔之意。

"即便如此，也用不着用寿命做交换吧！"

"我猜你就会这么说，所以才一直瞒着你。其实我原本是打算直到你寿命走到尽头的那天都不告诉你的。"

看到一之濑浑不在意的模样，我心里憋着火。

"为了一个将死之人舍弃寿命，你是不是有病！"

"将死之人就没必要在乎这个了吧？"

一之濑怼完我，还像是炫耀胜利般摆出了剪刀手。

"说到底都是你不好啊，阻止了别人，自己却打算去死！你竟然要抛下我，这也太不公平了吧！"

她还反倒生气了，我叹了口气："……舍弃了寿命，你就不后悔吗？"

听到我的问题，她笑开了花："完全不后悔哦。以前我就说过了，你不在身边，我就没有活下去的意义，所以我绝对不会后悔的。"

我对着这样坚持的她低声道："真是个傻瓜……"

"想说什么尽管说吧，反正我也是个将死之人了，不管你对我说什么，有多讨厌我，我都不会在意。我会做我想做的事情。"说着，一之濑拿指头戳了戳我的肩膀，"所以哦，相叶先生……"

第五章　决心告别的青年

我面朝向她，被她猛地靠上来，差点摔倒。

她抬头看着我的脸："反正我很快就要死了……"她呢喃着。

最后……

她身子一斜，我们拥在了一起。

过程仅仅几秒钟，但足以令我全身不自在。我感觉矗立在我们之间的墙壁轰然倒塌，我对她的情感如同决堤般泛滥溢出，内心也逐渐被填满。

"为了我这种人……舍弃寿命，要是你后悔了我可不管啊。"我一边抚摸着她的头，一边用颤抖的声音说道。

"我怎么可能后悔啊？"她柔声说道。

"那个，一之濑……"

"什么？"

"在我死之前，你会一直陪在我身边吗？"

"一开始我就是这么打算的。"

我一直向往着一个能将这样的我放在心上的人，以及无偿的爱。

如今在我怀抱里的她给予我的甚至不止于此。

这种满溢而出的爱意，或许就是我梦寐以求的吧。

那一天，我将迄今为止的种种，全部都毫无保留地告诉了她。

我从童年说到了今天。听我说完后，一之濑如同一年前的我一样开口："除了应和你几句，我什么都做不了……"但这对我来说已经足够了。

在比我还小的女孩面前哭泣,真的挺丢脸的。

可她看到我这样后却依然说:"相叶先生果然不是差劲的人。"

第二天,我便不再伪装自己,开始坦诚地面对生活。

我们之间再无墙壁阻拦,剩下的时间,我能随心所欲地和她一起度过。

用衔尾蛇银表回溯时间时,触碰到银表持有者的人也能保有记忆。于是一之濑反复地回溯时间,尽可能延长我们相处的时光。

我们会到各种地方游玩,有时是我向一之濑撒娇,有时是她向我撒娇。以前一直觉得和自己无缘、忍着没去做的事情,如今都玩了个痛快。

这些日子是我有生以来最幸福安稳的时光。

8

舍弃寿命后的第三个十二月二十五日,星期六,晴。

留给我们的最后一天,平淡无奇。

生活和平时相比毫无变化,既没有大事发生,也没有下雪。

碧空如洗,当用冬日里的风和日丽来形容。这样的天气会让人忘掉世界上每一秒都有不少人失去生命这件事,因此我对自己即将死亡一事也没什么实感。

我们来到了公园的草地,找了个有日照的地方铺好野餐垫。我躺在垫子上，望着吹泡泡的一之濑。空气虽然寒冷，洒下来的日光却是暖洋洋的。

我渐渐有了困意，打了个大大的哈欠。

"都睡那么长时间了，还困啊？"

一之濑对我温柔地笑了笑，像哄孩子入睡那样摸了摸我的头。

"你这样我不就更想睡了？"

我坐起来举起双手伸了个懒腰。

我们现在过的是第二次十二月二十五日。

简言之，我们用了一之濑的银表，从第一次十二月二十五日倒转了时间。

由于是从晚上十一点半向前回溯了二十四个小时，因此下一次回溯时间，就要等到明天中午十一点半。

换言之，银表的力量恢复时，我已经是个死人了。

这会儿是下午三点多，距离我的寿命走到尽头，只有几个小时。从明天中午十一点半回到今天中午十一点半姑且可行。

不过就算触碰着遗体回溯了时间，能不能让死者也保留记忆还很难说，况且即便没有死亡的记忆，我也不想死第二次。

我和一之濑就这件事情商量后，我决定不再继续延长自己的生命。

"既然起来了，你也来吹吧。"

一之濑把吸管和装了泡泡水的粉色瓶子递给我，我便也吹了起来。两个人的泡泡混在一起，无数彩虹色的泡泡在空中飘舞。

关于最后一天要如何度过这个话题，我们以前就讨论过好多次。

结果真到了这天却一如往常，什么特殊的事情都没做。

本来还计划着要去个远的地方游玩，可我们还没从前一天的疲劳中缓过来。

前一天是平安夜，我们一起去了游乐园。

两个人玩得过于尽兴，以至于纷纷累瘫，回家时脚下都打飘，最后嬉闹着睡了过去。

我们都睡到了下午一点多，完全不记得是几点睡着的。

时间上来不及出远门，身体也还是很累。我也懒得再从床上起来，在撒娇的一之濑的陪伴下度过了第一次十二月二十五日。

我们在晚上十一点半将时间最大限度倒转，不料回到的时间点两个人都还在睡梦中，前一天睡得似乎比我们想的还要早。

结果导致第二次十二月二十五日，我们又是过了下午一点才起床。

想不到人生的最后一天，竟然有一大半时间都是睡过去的。

以这种方式迎接生命终点的，除了我感觉也不会有别人了。毕竟不会有人明知道巨型陨石将要撞击地球，还去上班或者上学吧。

为了不留遗憾，大部分人应该都会去做些和平时不一样的事情。但我很满足这样平凡的一天。尽管只是不紧不慢地吹泡泡，但只要能和一之濑待在一起便足矣。自从遵循本心生活那天起，我把想说的都说了，想去的地方也会直接去，两个人每天都过得随心所欲。所以我没有遗憾，事到如今也没什么特别想做的了。

我已经不再怕死，这份恐惧逐渐消失，连带着对死亡都无甚感觉，唯一不太放心的就是被我抛下的一之濑。

她的寿命还剩下两年半,一个人不知道能不能行,不知道某天会不会像我一样后悔舍弃了寿命。

如果她没有和死神做交易,那我只会在悲惨中迎来死亡。

我很内疚将她牵扯了进来,可她本人非但没有后悔,甚至毫不在意。她的银表能力仍在便证明了这点,也不知道是不是该夸她精神无畏……正因为如此,我才希望她能一直笑着活到最后一天。

我注视着天真地吹着泡泡的一之濑,心里揪了起来。

我胡乱地揉了揉她的脑袋,顺滑的头发渐渐变成乱蓬蓬的一团。她没有不耐烦,只是羞涩地笑着。

"干什么啊?"

"只是觉得要趁着现在揉个痛快。"

"那你就尽情揉吧。"

一之濑靠到我身上放下了泡泡水,握住了我没拿东西的那只手。

"那个,相叶先生……"

"嗯?"

"如果我说,其实我是瞒着你从未来倒转了时间,而且惊喜的是,明天你也没有死,你会相信我吗?"

"不信,不可能。"

我这么说完后,一之濑不开心了:"你就相信我嘛。"

虽然对于要死了一事没有实感,但我也不觉得自己能活下去。自从那天起,我所度过的每一天都像是在做梦,直到现在我还有些怀疑自己是不是在梦中。

既然过上了如此幸福的生活,那么会受到惩罚兴许也是无可奈何。

"假设啊，假设到了明天你还活着，你有什么想做的事情吗？"

我看着远处带着小孩子玩球的家长想了想："我想和你再去什么地方转转。"

"好啊，如果你没有死，我们就再出去玩。"

她兴致勃勃地问道："其他呢？"

"好像没有了，只要能和你待在一起就好。"

"……你这么说我很开心，但真的没有其他想做的吗？"

"倒是你，有想做的事情吗？"

"当然有啦，我想永远和你住在这里！"

她有点不好意思，但表情却生动极了。

"如果我没死，我们就能永远住在这里。"

我说完，她笑眯眯地开心道："好耶！这么难得的机会，我们再养只宠物吧。"

"可住的地方是公寓，养不了小猫小狗啊。"

"小猫小狗不行的话，那就仓鼠……或者六角恐龙之类的！"

"六角恐龙貌似会有腥味，我不喜欢。"

"欸——"一之濑一脸遗憾，我赶紧笑着安慰她："我开玩笑的。"

"接着我们再去什么地方转转，或者在家里玩。"

"到头来我们想做的事情都一样啊。"

"不一样啊。我们早晚会……"一之濑突然安静下来。

"然后？"

我催着她说下去。她扭捏了起来，羞臊地开了口："……成家的。"

"我、我们都没怎么感受过家庭的温暖！所以我也不知道能不能建立起一个合格的家庭。"

我不由得展开了想象：如果真的能和一之濑组建家庭……

"会是一个幸福的家庭吗？"回过神来时，我已经说出了口。

"肯定是全世界最幸福的家庭。"

"全世界最幸福？"

"全世界最幸福！"

一之濑露出了温柔的微笑。

后来，我们继续畅想着那些不会到来的日子，一直聊到暮色四合。

离开公园时气温降了不少，我们开始往回走。

回去的路上，一之濑问我晚饭想吃什么，我回答说想吃她亲手做的饭。于是她信心十足地说道："交给我吧！"

我们在超市买了菜，回到家已经是晚上七点左右。

之后我吃了一之濑做的林氏盖饭，泡了澡，接着靠着床边坐在地上，始终握着一之濑的手。

我们在一片安静的房间里回忆起了从相遇至今的事情。

尽管打算的是要把想说的话倾吐一空，但是到了生命的最后，有很多更特殊的话想说。我们互相夸奖、感谢彼此。时间就这样一点一滴地流逝。

过了晚上十一点，时间也没有停下脚步，我甚至觉得过得比平时还要快。

晚上十一点五十分，我们两个一起盯着手机屏幕。

"……就剩十分钟了。"一之濑神情低落，"相叶先生，你不怕吗?"

"不怕。"

死亡对我来说一点也不可怕。

"真的?不是在逞强?"

"没逞强。"

我怕的只是再次丢下她一个人。

"那个,一之濑……"

"怎么了?"

"抱歉啊。"我将她揽在怀里,抚摸着她的脑后,"没能真正地拯救你……"

能在一之濑的守护下走完最后一天,我特别安心,可如今我突然有些后悔:我还是想让她活下来。

"不要道歉。"一之濑依旧温柔地微笑着,抚摸我的后背,"我一直是带着恐惧,孤孤单单地活着,我自己一个人惶恐无助,是你给了我容身之处,你已经无数次拯救了我。"

一之濑的体温渡到我身上,这份温暖也会在两年半后消失吗?

"即便如此我也于心有愧,我想让你变得更幸福。真希望你没有舍弃寿命,过上不同的人生……"

"说什么傻话呢?"一之濑笑道,"我已经够幸福了,只要能再次和你见面,舍弃寿命又算得了什么?而且如果我没有这么做,那你不就要变成孤零零的?"

会为了我舍弃寿命,还说"算得了什么"的人,想必也只有她了吧。正因为遇到了一心寻死的她,我才得到了拯救。

"能这样毫不后悔,你真的很坚强。"

"以前我就说过了嘛,我不会后悔的。"

"是啊,是在去动物园回来的路上说的。"

到今天,她的银表已经倒转过无数次时间,但表针从来没有消失,一直在延长我活命的时间。对此我既开心,又难过。

顿了片刻,一之濑又说起了自己的心里话。

"曾经我一直很厌恶自己的人生。每天尽是痛苦,我不知道自己为什么要遭这份罪。我还以为这辈子都会在自我诅咒的人生中度过。但倘若不是这样的人生,我就不会和你相遇啊。自从有了这样的想法,我便喜欢上了自己的人生。"

那一瞬间,我身上如同诅咒般的感觉骤然消失了。

"说得……没错。倘若不是这样的人生,我就不会和你相遇。"

"是啊,你之前不也说过吗?要是我正常上学,和家人也关系和睦,那我们就不会相遇了。"一之濑温柔地摸了摸我的头,"因为你活着,我才活到了今天啊。"

听到她这番话,我感觉终于能和自己的人生和解了。

在我心里一文不值的过去,原来也是有意义的。最重要的是,赋予我人生意义的,正是眼前的她。

"一之濑,谢谢你。"我喃喃道。

"不客气。"一之濑如同耳语般对我说着。

我们的脸越靠越近。

我一边拥着她,一边再次想象:假如我没有舍弃寿命,而是过着普通的人生,又会变成什么样子呢?

不管再活几十年，我也不会遇到一之濑。哪怕过上了理想生活，我的身边也没有一之濑。即便奇迹般地遇到了她，八成也没法阻止她轻生。

我们只能以这种方式相遇。

同为舍弃了寿命的人，才让我们建立了独一无二的关系，这无疑就是最好的人生。

无关是不是后悔舍弃了寿命，如果没有和她相遇，我的人生也不会得到拯救。我这样坚信着，和她分开了。

表针指向五十五分之前，一串串泪珠从一之濑的眼眶滑落。她不愿让我看到自己哭泣的模样，便把脸埋进了我的胸口。

我抬起右手温柔地在她脑后来回抚摸。

她泪流不止，时间就这样无情地流逝。留给我的时间已经不足五分钟了，我想在死前至少帮她擦掉泪水，于是打算站起来拿纸巾。

我左手撑在身后准备起身，就在那一瞬间，指尖的触感告诉我，我摸到了一个冰冷的物体。那东西异常冰凉，我吓了一跳，回头看自己的左手。手指隐藏在床下，看不到指尖碰到的到底是什么。

我战战兢兢地用手攥住把它从床底下抽出来，握在手里时，我便知道了那是什么。

是落了灰尘的衔尾蛇银表，从表盖上的衔尾蛇朝向可以肯定，这不是一之濑的，而是我的银表。

为什么会掉到床底下？自从它没法回溯时间，我便把它放在了家里，不再随身带着。

我试图翻出自己最后一次看到它的记忆，但无论如何也想不起来，也不记得何时把它弄到了床底下。我不可思议地望着衔尾蛇银表。

就在这一刻，衔尾蛇银表从我手里掉了下去。

回过神来时，我已经失去了浑身的力气，堪堪要倒在地上。一之濑惊慌失措地想要撑住我的身体，最终却是两个人一起摔倒在地。

"相叶先生！你还好吗？"她拼命地呼喊我的名字。

我想回答，却发不出声音，她的声音听起来逐渐远去。

她紧握着我的左手，嘴里好像在喊着什么，可我一个字也听不到。我也感受不到她握着我的手的温度。我看到一之濑的泪水如雨点般一滴滴落下。

这就是死亡吗？

我的眼皮越来越沉，泪眼婆娑的她也越发模糊，曾经的一幕幕浮现在我的脑海。

这大概就是走马灯吧，我还以为自己看到的走马灯会是悲惨的一生，不过竟然都是和一之濑的回忆。

我使出最后的力气伸出右手，想要擦掉她的眼泪，然而，我的手最终没能碰到她的脸。

力气尽失的右手落到衔尾蛇银表上，再也无法动弹。意识渐渐迷蒙，但我还在不停地思考如何才能让她不再哭泣。

至少再给我点时间安慰她……也不知道她需要多长时间才会止住泪水，一两个小时貌似不够啊。我想想……假如能再给我一天时间……

我慢慢闭上了眼睛。

9

我听到了声音。

有人在呼唤我的名字。

"相叶先生!相叶先生!"

我被熟悉的声音叫醒,睁开了眼睛。

一之濑正坐在我身旁,泪水从她的眼眶滑落,砸在了我的身上。

我整个人还在状况外,正打算起身,结果一之濑哭着扑过来,让我一头撞到身后的墙上。我捂着头盯着抽泣的一之濑看了一会儿,这才想起自己寿数已尽。

可我们所在的地方既不是天堂也不是地狱,而是熟悉的床上。

我打开枕头边的手机查看时间,显示现在是十二月二十五日下午一点多。

怎么想那都不像一场梦,再说如果是梦,一之濑又为什么要哭?

"你回溯了时间?"

我问一之濑,可她仅仅在我胸口摇了摇头。我一边顺着她的后背,一边思考时间倒转的原因。

毕竟一之濑哭个不停,也不知道怎么回事。

说起来,我好像在最后一刻许愿希望再多一天来好好安慰她。假如是这样的话……

我把手伸到床下摸了摸,找到了衔尾蛇银表。我抓起银表打开表盖,果然不出我所料——自从无法回溯时间那天开始消失的表针,又回来了。

第五章　决心告别的青年

表针停在了十一点五十九分五十七秒。

看来的确是这个银表的力量倒转了时间。从一之濑抽泣的样子来看，八成是因为直到最后一刻她都握着我的手，所以也保留了记忆。

衔尾蛇银表的力量为什么又恢复了？是因为我听了一之濑的话之后不再对舍弃寿命感到后悔吗？

不过反正想也想不出答案，而且一之濑还在我胸前流泪。

我一个劲儿地安慰一之濑，这次一定不能再留遗憾。过了三个多小时，她才止住泪水，之后也一直紧紧抓着我的胳膊不放。毕竟刚经历过那样的生离死别，两个人在一起的每一分每一秒都弥足珍贵，我们都不愿分开。

真想永远这样下去。

房间里静悄悄的，钟表秒针的嘀嗒声清晰可闻，然而这个房间里并没有钟表。

熟悉的秒针声是从一之濑的包里传出来的。一之濑从包里掏出了衔尾蛇银表，慌慌张张地跑过来。

"相叶先生，我的银表……表针在走啊。"

表针确实在走着，可一之濑的银表按说要到明天中午十一点半才能用啊。为什么现在表针却在走着？我们两个十分不解。

"表针走着，也就意味着可以回溯时间吧？"

"不试试怎么知道？"

"……那我们试试？"

我握上一之濑的手，周围的景色刹那间发生了变化。

我们正在过山车上，身旁的一之濑紧紧握着我的手。过山车咔嗒咔嗒地往上爬，和我们在前一天平安夜里坐的是同一辆。

我们面面相觑。

"时间到——"

下一秒，过山车飞速俯冲，一之濑尖叫了起来。

"为什么能回溯时间？"从过山车上一下来，我便喃喃道。

"难道说，银表的状态也和持有者的记忆一样被保留了下来？"一之濑看着手中的衔尾蛇银表说道。

"银表的状态也被保留了下来？"

"之前我就挺好奇的。"一之濑以这句话开了头，"假设在回溯时间之后过了三十六个小时再次回溯二十四小时，那么就又要等三十六小时才能再使用对吧？"

"没错。"我点点头。

"但是这不矛盾吗？如果直接回到的是二十四小时前的状态，按说二十四小时后银表就可以用了。可现状是表针会一直停在回溯前的时刻，直到银表能力恢复。所以会不会和我们的记忆一样，这块银表的相关情况……也就是直到它能力恢复为止所经过的时间也被保留了下来？"

仔细想来，银表和持有者之间有很多绑定的部分，比如只能做了交易的人使用、后悔了就无法使用等。没准儿一之濑的银表最后一次倒转完后所经过的时间也和她的记忆一起被保留了下来。

"如果是这样，那么在你的银表的作用下，我这块在最后一次使用后已经过了二十四小时的银表应该也是保留了状态，跟我们一起回来了。"

在我临死前,她的银表距离最后一次回溯时间已经过了超过二十四小时。如果在这种情况下用我的银表让时间倒转,连同她经过的时间会一同保留下来,如此一来,她的银表回溯的时间合计便超过二十四小时。

"假如我们猜得不错,那么只要用上我和你的银表……"

"就能永远回溯时间了!"

我稳稳地接住了扑到我怀里的一之濑。

一之濑高兴得几近流泪,可我还是将信将疑。

……会有这种好事?

之所以不敢相信这或许是能拯救我们的希望,是因为我想起了给我们银表的人。那家伙不可能意识不到这种事情。

我想起了初次和养父母见面时内心冒出的喜悦。如今在这里的喜悦,到头来会不会也变成空欢喜一场?现实会不会再次辜负我的期待?倘若如此,那就又会令现在满心欢喜的她陷入悲伤……我正想着这些,却被一之濑用力地捏着双颊往两边拉。

"相叶先生,你是不是又在想些奇怪的事情?"

"喂,喂!别……"

"你不试试看又怎么会知道呢?"

一之濑不再扯我的脸,而是用双手包住我的手。

"我们要想活下去,除此以外别无他法。反正已经到最后了,你就试着相信一下吧。"

一之濑露出温柔的微笑,她莫名的自信,给了我安心感。这让我都分不清谁才是年龄大的那个人了。

有了她在背后的鼓励,我决定迈出这一步。

"只有相信了,一切才有开始啊。"

我这么说完,一之濑扬起了嘴角。

"就是说啊。"

最终结果和她的假设完全一致。

先用我的银表回溯二十四个小时,紧接着用一之濑的银表再回溯二十四个小时,一共回溯四十八个小时,到了三十六个小时后,我们两个的银表全部恢复了能力。换言之,只要有两块银表就能永远回溯下去,而且一次比一次可以往前十二个小时。

只有像我们这样凑齐了两块衔尾蛇银表,才真正实现了"永恒"。

之后我们便过上了用两块银表不停回溯时间的生活,我们不断回溯时间,去了各种地方游玩。

哪怕重复了几十次,每天的日子也不曾令人厌倦。

从一之濑与死神做交易到十二月二十五日,总共有四个月的时间。我们就在这四个月里无数次重复生活,渐渐地将一整个季节的时间都抛在了脑后。无止境地重复四个月的生活,也许在旁人眼中就像是走不出的迷宫,可我们只要能待在一起便别无所求。我们持续回溯时间,甚至做好了重复上千、上万次的打算。

直到死神出现在我们面前。

某天白天,我们正走在桥上,突然听到身后传来声音。

第五章 决心告别的青年

"你们两个……到底要回溯多少次时间才肯罢休?"

回头一看,死神就站在那里。以前我只能在晚上或者台风天等天色暗淡的时候见到她,我甚至觉得……白天看到死神还挺新鲜的。

然而更令我感到新鲜的,是死神的表情,她露出了我从没有见过的无语表情看着我们。

最近我们连回溯过多少次时间都不记得了,我和一之濑都过得随心所欲,每天都很开心,然而在一旁观察我们的死神估计早就受不了吧。她的脸色比平时还要难看,跟要吐了一样。

"我们会永远回溯下去。"

一之濑带着心满意足的神情冲着死神比了个"耶"。

"这可未必。"死神板着一张脸,像是昨日重现般说道,"我今天是来给你们忠告的。"她目不转睛地看着我们接着说,"再这样下去,你们会后悔的。"

"意思是我或者一之濑会后悔?"

"没错,你们现在是会为了对方互相回溯时间,但假如哪天有一个人想要放弃生命了,到时候又会变成什么样子?"

我试着想象了下,可怎么想都觉得自己不可能放弃生命。如果真有那么一天,大概只会是一之濑不在了的时候吧。

"两块衔尾蛇银表一起使用才能无限循环,只要有一块不能用了便会呜呼哀哉。为了让其中一人活下去而心不甘情不愿地延长寿命,这样的生活纯粹是出于责任感,早晚会感到厌烦吧。毕竟要是没有这块银表,你们就不必相遇,可以独自潇洒地离开人世。要是没有舍弃寿命,就不会有这种烦恼了,是吧?"

听完这番话，我们两个嗤笑。

"不可能。"

"不可能呢。"

我绝对不可能后悔遇到她。

看到我们两个的反应，死神问道："你们为什么能这么肯定？你们之前不是都一直想要寻死吗？为什么能斩钉截铁地认为以后的自己也不会想死？"

一之濑回答了死神的问题："就算我想死，相叶先生也会来阻挠我，没问题的。"一之濑笑盈盈地补充道："而且他还会安慰我。"

死神原本放在一之濑身上的目光，移向了我。

"哎，死神，你应该明白了吧？"

我已经不是舍弃寿命那时的我了，如今的我找到了必须活下去的理由。可能会像死神说的那样，未来的我会再次萌生寻死的念头，但只要一之濑在我身边，我就不会践踏自己的生命。

"后不后悔，你读一下我们的内心不就知道了……对吧？"

我没有移开视线，继续盯着死神的眼睛。

潺潺的流水声听得人身心舒畅。

死神扭开脸不再看我们，遗憾地开口："看来我说什么都没用了。"

一之濑看着我的脸莞尔一笑，我也回了她一个微笑。

"但我不能再对你们反复回溯时间一事熟视无睹了。"

桥上吹来一阵风，一之濑长长的黑发在空中飘舞。

"我要收回衔尾蛇银表。"

死神的发言让我们两个反射性地开口：

"收回？"

"意思是说……"

我们等着死神的下文。

死神望着另一边，说出了这么一句话：

"我要把寿命还给你们。"

尾声

我在阻挠某个少女寻死。

这个少女总是在我身边。

这个少女经常对我撒娇。

这个少女有着莫名的破碎感，让人无法置之不理。

阻挠她寻死非常简单。

只要陪在她身边，等到了休息日带她出去玩就行了。

那天天气晴好，宁静的天空一望无际。

"幸好是晴天。"

"是啊。"

我和身旁的她聊着天。

四月的某天，我们在车站站台等电车。

我们站的地方是车站的一端……才怪，是车站中间稍微靠前的队伍。正逢休息日，周围都是带孩子的家长和一对对情侣在等车。

我们面前的一家人正在闲聊，被父亲抱着的小女孩还朝我们挥了挥手，我们也挥手回应她。身后的小学生精力充沛地闹腾着，旁边一队里的情侣你侬我侬，惹得周围的目光都聚集在他们身上。

我将视线从他们身上移开，看着身旁的女孩。

她的名字叫一之濑月美。

她如今依旧将"不能和你待在一起的话我宁愿去死"挂在嘴边;她一头长及背部的黑发垂坠顺滑,摸起来很舒服;她身材苗条,但一如既往地能吃;她现在看起来更成熟,但我们两个独处时她又颇为任性,特别爱向我撒娇。

我凝望着月美的侧脸,这时电车通过的通知广播响了起来。

电车即将通过,请注意安全。

电子站牌上滚动出了这行文字。

我紧握着月美的手,月美也回握着我的。

这样就不用担心她撞车寻死了,不过她此时就靠在我的肩膀上,毫无要跳下去的意思。

一阵轰鸣,电车快速从我们面前驶过。

电车顺利开走后,月美拉了拉我的手。

"对了,上次我们去的动物园好像添了新的考拉。"

"毕竟只有一只看起来太寂寞了啊,回头我们再去逛逛吧。"

我们每周都会去各种各样的地方。我们会跑到稍远一点的地方,有时去主题公园,有时去爬山,有时去参加活动,有时去水族馆看水母,总之在休息日,我们必定会去外面玩。

今天也是一样,月美突然说想去海边。为了实现她的愿望,我们一大早便站在这里等电车。

我们上了姗姗来迟的电车,肩并肩坐在一排七人的座位上。月美靠在我的肩膀上,我不由得摸了摸她的脑袋。

尾声

之前不断倒转时间的时候,我们便学会了不在意别人的目光,以至于现在已经完全习惯了。在旁人眼里,我们估计就是一对笨蛋吧。不过事实也的确如此。

我们两个曾经都做好了死亡的准备,如今却可以根本不在乎别人的想法,反倒是觉得以前的我们在乎过头了,现在的我们才是真正意义上的活着。

并不是因为我们恢复了寿命,或者跳出了时间循环,而是很早以前就停滞的表针又走了起来。

我们走过了一条崎岖又漫长的道路,才来到了今天,然而回首望去却又感觉有些违和。

我阻挠了月美二十次自杀,在我临死前回溯了时间,死神还把寿命还了回来。

我不禁在想:原本的生活事事不顺,结果在舍弃了寿命之后会不会有些太过顺遂?

其实过得这么顺也没必要再去多想,然而每每碰到关键的岔路口,必然有死神的身影,这才会令我十分在意。

如果死神没有将另一块衔尾蛇银表给月美,我们就无法让时间无限循环,我早就死了。还有在我第二十次试图阻止她寻死的时候,也是死神告诉我月美不在站台上的。

死神只是想观察我痛苦的样子,目的并不是我的性命。说到底,"死神"也仅仅是她自称的,我依然不知道她到底是何方神圣。

从死神的言行举止来看,她给月美银表可能是想让我的努力付诸东流,也是为了制造出让月美舍弃寿命的契机,才演了那么一场烂戏。

可结果却促使我们重修旧好，用两块银表无限循环时间。

第二十次阻止月美又是怎么一回事呢？

当我跑到桥上时，月美的双腿已经撑到了极限。倘若没有死神出言相助，我估计会一直在车站站台上找下去，恐怕就根本来不及了。要是当时没能救下月美，我不知道会有多自责。

这不正是死神爱看的画面吗？

难道她只是料错了事情的发展，还是说别有用心，抑或是，她是为了救下月美，才引导了我？

这件事我和月美谈过好几次。

月美猜测："她该不会是月老吧？"

我反射性地否定："不可能。"

但我偶尔也会忍不住想，万一她真是……

会这么想，是因为死神在归还寿命时露出的表情——清丽得不似她的风格。

此后，死神再也没有在我们面前出现过。

"是大海！"

终于来到沙滩上的月美像小孩子般高高举起双手。

白色的浪花拍打着沙滩，这会儿刚入春，风还带着些许凉意。

我们走在沙滩上，身后留下了一串清晰的脚印。月美比着我们两个的足迹尺寸说道："大小完全不一样呢。"

"等到了夏天，我想下去游泳。"

"好呀，我们下次再来。"

尾声

在和月美相遇前,我根本不会像这样提前制订计划。

不过我们居住的世界其实并没什么改变,我们也没有大的变化。就在前几天,我还不小心惹恼了她。

"我们已经不用无限循环时间了,你也没必要再跟我待在一起。如果你厌倦了待在我身边,可以随时告诉我。"

在我说了类似的话之后,她发了好大一通脾气。

"我连舍弃寿命都没有后悔,怎么可能厌倦你?!"

月美斩钉截铁地说,捏着我的脸狠狠地往外拉。

抱歉。

星期一到星期五的每天早上她都会抱怨:"我不想上学。"

我摸着她的头安慰道:"不去也行,别勉强。"

不过最终她还是会收拾收拾去学校,所以目前她在上学方面是没什么问题的。

我现在手头还有些钱,生活暂时无碍,不过总有一天我也必须去工作。兴许……哪天我也会和月美一样撒着娇说:"我不想上班。"

我们现在依然觉得在人世间活着很难,也尽可能不和别人扯上关系。如果世界上没有了月美,我也就看淡了生死;同样,如果没有了我,月美似乎也是如此。

说到底,我们只想活在能像这样外出游玩的时间里。

我们将互相阻挠着彼此,从而活下去。

我们之间的关系也许就是所谓的共同依赖。

我偶尔会听到有人说互相依赖的关系并不好。可我不能理解,哪里不好了?

在我看来，会这么说的人要么是周围亲朋众多，要么是没有真正意义上爱过别人。这个世界上应该还会有不少人和我们一样——失去了那个想要一起活下去的对象，自己便无法独活。

我觉得这样就挺不错的，这也是我们唯一知晓的活法。

"月美，我爱你。"

为了不让她孤单，我将这句话说给她听。

"怎、怎么冷不丁说这个？"

"突然想对你说。"

"搞突袭可不好哦。"月美羞涩地对我说，"我也最喜欢阿纯了。"

我们漫无目的地走在沙滩上。

未来某天我们会习惯这样幸福的生活吗？

如今还不得而知，但只要她在我身边，我就想一直这样走下去。

所以，今后我也会永远——

阻挠一个一心寻死的少女，然后带她出去玩。

（全文完）

后记

"要是能就这样死了就好了……"

这是几年前，我的一个女性朋友呢喃的话语。

当时的我只是打哈哈敷衍过去，因此我后悔极了。

其中一个原因是我说不出什么体贴的话，更重要的是，我和她有同样的心情。即便那天成为我的忌日，我也没什么好困扰的。

毕业后，我没有继续读书，也没有上班，每天随性生活。撰写这篇后记的当下依旧如此。

可能有人会想：你又不是把寿命让给了死神，为什么要用这么愚蠢的方式生活？但这就是我反复思考后选择的最适合自己的生活方式。

自从我开始这种破罐子破摔的生活方式，我才第一次在自己的人生中感到了开心。

某天，我遇到了一个女生，她是个很努力的人，但活得很痛苦，和以前的我有些相似。也许正因为如此，我才会在她面前感到放松。

两个人出门的时候，我无意识地提起了从前的自己。尽管情绪放松，但我也只说了些零碎的片段，都是我认为算是轻松的事情。

结果她听完后，表情看起来却有些想哭。我并没有说"好想死"之类的话，可她却对我说："你不能寻死啊。"

然而，在她说了"要是能就这样死了就好了"之后，我却只是说些敷衍的话。其实我很想说点什么鼓励她,但想着一个觉得人生无望的人说出来的话根本不会有说服力,于是放弃了。

"有没有什么是我能做的?"带着这样的念头,我写起了小说。我想用故事给她加油打气,感觉这应该比没有说服力的话语更管用。

当然,我没好意思直接对她说"我写了小说想让你看看",而是妄想着等到获奖后出书了再拿给她看。

如今回想起来,当时的自己可能是疯了。不过我那会儿特别认真,从头开始学习小说的写法,努力摸索着写了下来。

可最终,想拿给她看的梦想,在我获奖之前就破灭了。

之后,我的生活也发生了翻天覆地的变化,我开始自暴自弃、挥霍金钱,存款眼看就要见底。我终于有了"差不多是时候结束了"的感觉。

我就是在这时接到了这部小说获奖的消息。

"只要活着,总会有办法。"

我以前很讨厌这种话,但只要还有一丝希望,或许还是必须稍微相信一下。

这本书便是由这么一个曾经徘徊在死亡边缘的人写的故事。

可能没什么说服力,但如果能帮助各位打起精神,我将倍感荣幸。

星火燎原

图书在版编目（CIP）数据

没有明天的我们，在昨天相恋 / (日) 星火燎原著；朝雨译. -- 北京：北京日报出版社, 2025.4. -- ISBN 978-7-5477-5190-9

Ⅰ. I313.45

中国国家版本馆CIP数据核字第2025PP4373号

著作权合同登记号 图进字：01-2025-0158
SHINITAGARI NA SHOJO NO JISATSU WO JAMASHITE, ASOBINITSURETEIKU HANASHI
Copyright © Ryogen Seika 2021
All rights reserved.
Original Japanese edition published by Takarajimasha, Inc., Tokyo.
Chinese (in Simplified character only) translation rights arranged with Takarajimasha, Inc. through BARDON CHINESE CREATIVE AGENCY LIMITED
Chinese (in Simplified character only) translation rights © 2025 by Jiangsu Kuwei Culture Development Co., Ltd.

没有明天的我们，在昨天相恋

出版发行	北京日报出版社
地　　址	北京市东城区东单三条8-16号东方广场东配楼四层
邮　　编	100005
电　　话	发行部：（010）65255876
	总编室：（010）65252135
印　　刷	天津旭丰源印刷有限公司
经　　销	各地新华书店
版　　次	2025年4月第1版
印　　次	2025年4月第1次印刷
开　　本	880毫米×1230毫米　1/32
印　　张	9
字　　数	210千字
定　　价	42.80元

版权所有，侵权必究，未经许可，不得转载